ANNE-MARIE DESPLAT-DUC

Les Colombes du Roi-Soleil

Le Rêve d'Isabeau

Flammarion

© Éditions Flammarion, 2007
87, quai Panhard-et-Levassor – 75647 Paris cedex 13
ISBN : 978-2-0816-3486-2

CHAPITRE

1

Je m'appelle Isabeau de Marsanne, et je n'avais pas encore quinze ans lorsque j'ai joué dans *Esther*[1], la comédie écrite par M. Racine pour les demoiselles de la Maison Royale d'éducation de Saint-Cyr.

Les liens que j'avais tissés au fil des ans avec Charlotte, Louise et Hortense me paraissaient indestructibles, d'autant que nous nous étions juré, une nuit, de ne jamais nous quitter.

Pourtant, c'est à cause de cette pièce que nos destins se séparèrent.

Louise, remarquée par la Reine d'Angleterre exilée à Saint-Germain, partit pour charmer Sa Majesté de sa voix mélodieuse[2].

Charlotte, qui ne se pliait pas aux règles de la religion catholique, quitta notre maison grâce à la

1. Voir *Les Comédiennes de M. Racine.*
2. Voir *Le Secret de Louise.*

complicité de Marguerite de Caylus pour rejoindre François, son fiancé [1].

Je restai donc avec Hortense.

Cependant, sa compagnie n'était point joyeuse, car elle était amoureuse de Simon et elle hésitait entre fuir avec lui, ce que son éducation réprouvait, ou attendre d'avoir vingt ans pour pouvoir l'épouser, ce qui lui coûtait beaucoup.

Quant à moi, mon destin était tout tracé.

Je serais maîtresse à Saint-Cyr afin de transmettre tout ce que l'on m'avait appris. Je ne trouvais rien de plus beau que de faire de ces fillettes qui arrivaient de nos provinces, perdues et ignares, des demoiselles instruites et pieuses.

En attendant le jour béni où j'aurais franchi toutes les classes pour obtenir le ruban noir me permettant de devenir maîtresse, je priais Dieu tous les jours pour que Victoire, ma sœur bien-aimée, que je n'avais point vue depuis mon départ de Montélimar, fût enfin accueillie à Saint-Cyr. Hélas, les mois et les années passaient sans qu'elle vînt, et je commençais à désespérer de la serrer un jour dans mes bras.

Après les représentations d'*Esther*, qui nous avaient toutes fait vibrer, nous eûmes du mal à reprendre notre existence simple et recueillie. Moi, pourtant, je fus heureuse de retrouver mes chères études perturbées tout le temps que nous avions

1. Voir *Charlotte, la rebelle*.

répété et joué la pièce et, n'eût été le départ de Louise et de Charlotte, j'aurais goûté pleinement ce retour au calme.

Toutefois, certaines d'entre nous sombrèrent dans une sorte d'apathie. Plus rien ne semblait les intéresser. Elles profitaient des récréations pour s'épancher et, bien que ne partageant pas entièrement leur opinion, je me joignais à elles afin de ne point me sentir trop seule.

Cet après-dîner [1] de mars 1690, alors qu'avec mes compagnes de la classe jaune [2] nous devisions dans le jardin en profitant des premières douceurs du printemps, Olympe de Bragard soupira :

— Ah, depuis que je ne joue plus, je dépéris !

— Oh, moi, ce n'est pas tant de jouer qui me manque, c'est de sortir de ces murs ! se plaignit Henriette de Pusay. Je manque d'air, d'activité, et je préférerais cent fois courir la campagne à cheval que de rester assise toute la journée à broder, à lire ou à prier.

— À cheval ! Vous savez donc monter ?

— Mon père me l'a appris j'avais à peine cinq ans. Il faut dire qu'il aurait aimé avoir un garçon et que je suis née fille. C'est ma mère qui a insisté pour que j'entre à Saint-Cyr. Elle voulait me soustraire à l'éducation trop masculine que me donnait mon père.

1. Après-dîner (ou après-dînée) : après-midi.
2. Dans la Maison Royale de Saint-Louis, les 250 élèves étaient réparties en 4 classes distinguées par une couleur. La classe jaune correspondait aux élèves de 15 et 16 ans, la classe bleue à celles ayant entre 17 et 20 ans.

— Moi, depuis que nous avons porté autre chose que notre robe brune pour jouer *Esther*, je rêve de belles robes et de beaux bijoux, renchérit Éléonore de Préault-Aubeterre.

— Pour cela, il te faut un vieux mari bien riche, plaisanta Jeanne de Montesquiou avant d'enchaîner : N'avais-tu pas été appelée au parloir pour être présentée à un courtisan ?

— Si, répondit Éléonore en rougissant, mais nous étions deux, et je ne sais laquelle a été choisie. J'espère que ce n'est pas moi, car l'homme que j'ai vu à travers les grilles avait plus de soixante ans !

Nous éclatâmes de rire devant sa mine déconfite, puis Gertrude de Crémainville déclara :

— Vous savez bien que nous n'avons pas le choix et que pour nous ce sera soit le mariage avec un homme que nous ne choisirons pas, soit le couvent... et aucune de ces solutions ne m'agrée.

— Parfois, il arrive que... que ce soit un jeune gentilhomme qui demande notre main, souffla Hortense.

— Oui, parfois, répondit sèchement Gertrude, mais on voit le résultat !... Vous soupirez pour lui et vous devez tout de même attendre d'avoir vingt ans pour l'épouser ! D'ici là, il vous aura trouvé une remplaçante !

Pour que la conversation ne s'envenime pas, je suggérai à mes compagnes :

— Et si nous répétions le nouveau cantique que M. Nivers nous a appris pour les fêtes de Pâques ?

— Des cantiques ! coupa Gertrude. Je n'en puis plus ! Quand on a eu la chance d'interpréter les chœurs d'*Esther* devant le Roi, chanter à la chapelle est d'un ennui... un ennui mortel.

— Mais... nous chantons les louanges de Dieu, assura Jeanne, choquée.

Éléonore nous annonça soudain une nouvelle qui rendit le sourire à toutes mes compagnes :

— Il paraît que M. Racine a écrit une nouvelle pièce pour nous.

— Vrai ? Comment le savez-vous ? interrogea aussitôt Gertrude.

— J'ai entendu Mme de Maintenon le dire à Catherine du Pérou, notre maîtresse. M. Moreau a composé la musique, et nous devrions bientôt l'apprendre.

— Vous en êtes certaine ! s'exclama Olympe au comble de l'excitation.

— Traitez-moi de menteuse pendant que vous y êtes !

— Non, non... mais la nouvelle est si... si merveilleuse, que je n'ose y croire !

Mes cinq compagnes se mirent à pépier comme des oiseaux et à rire derrière leurs mains pour ne point attirer l'attention des maîtresses.

Hortense ne participa pas à leur joie et s'inquiéta :

— Interpréter un rôle dans *Esther* a été une telle épreuve ! Et après ce qui s'est passé, jouer dans une nouvelle pièce est au-dessus de mes forces.

— Je comprends, lui répondis-je. Mais vous ne serez peut-être pas choisie.

— Je l'espère.

— D'ailleurs, si Mme de Maintenon ne retient que les filles ayant moins de quinze ans, comme elle l'a fait pour *Esther*, aucune de nous ne sera retenue, expliqua Éléonore.

— Seigneur ! Vous avez raison ! se lamenta Gertrude. Que d'autres jouent à notre place, je ne le supporterai pas.

— C'est pourtant ce qui va se passer, dis-je, et ce ne sera que justice.

— Oh, vous ! vous êtes si entichée de Madame[1] que, si vous le pouviez, vous lui baiseriez les pieds et lui mangeriez dans la main ! s'emporta Gertrude.

Je rougis. Elle n'avait pas tort. J'avais une grande admiration pour Mme de Maintenon, qui, grâce à la fondation de cette maison, permettait à des demoiselles pauvres de s'instruire et d'être nourries et logées aux frais du Roi.

Furieuse, Gertrude quitta le cercle que nous formions, assises au pied d'un chêne. Hortense me posa une main compatissante sur le bras et murmura :

— Ses paroles ont certainement dépassé sa pensée, elle ne voulait pas vous blesser.

1. Mme de Maintenon est souvent appelée « Madame » par les demoiselles de Saint-Cyr.

Depuis que nous avions donné la comédie devant le Roi et la cour, rien n'était plus comme avant. Une sourde jalousie était apparue et minait quelques amitiés. Cependant, je pardonnai à Gertrude, parce que le pardon est le signe d'une belle âme et que je souhaitais de tout cœur atteindre la sagesse à défaut de la perfection.

La cloche sonna la fin de la récréation et alors que nous nous avancions pour nous ranger avant de monter dans nos classes, une fillette se précipita vers moi. C'était Rose-Blanche de Peyrolles, une petite de la classe rouge, arrivée du Languedoc voici un an et que j'avais aidée à s'acclimater à la vie à Saint-Cyr [1].

— Ah, Isabeau ! J'ai récité ma poésie en français sans faire une seule faute, et Mme de Maintenon m'a récompensée d'un ruban, m'annonça la fillette en me serrant très fort la main.

— Je vous félicite.

— Viendrez-vous encore m'aider à apprendre mes leçons ?

— Je ne vous suis plus utile. Vous parlez parfaitement bien le français à présent, et votre accent du Sud a presque disparu.

— Oui... mais...

Elle hésita, monta sur la pointe des pieds et me chuchota à l'oreille :

---

1. Voir *Les Comédiennes de M. Racine.*

— ... maman me manque et il n'y a que vous qui sachiez la remplacer.

— Si on m'en donne l'autorisation, je viendrai, lui répondis-je tout bas.

— Peyrolles ! l'appela sa maîtresse. Regagnez votre rang immédiatement !

La fillette obéit, mais elle me lança un regard triste qui me broya le cœur.

— Cette enfant vous aime beaucoup, me souffla Hortense.

— Oui. Je l'avoue. Elle est très attachante et si jeune... tout juste huit ans.

— Et à Saint-Cyr, si on nous offre l'instruction, le gîte et le repas, la tendresse n'est point prévue dans le programme, ajouta Jeanne. Les premiers mois, j'ai cru que j'allais mourir de ne point sentir les bras de ma mère autour de moi.

— Silence, mesdemoiselles, rappela Mlle du Pérou, vous devez monter dans vos classes sans parler.

— Et voilà, murmura Henriette entre ses dents, c'est parti pour trois heures d'étude !

— Vous pouvez toujours faire semblant... lui rétorqua Olympe.

— Et rêver au prince charmant... pouffa Gertrude.

Notre maîtresse les foudroya du regard, et cela suffit à ramener le calme dans le rang.

CHAPITRE

2

Quelques jours plus tard, alors que nous allions prendre nos ouvrages de broderie, rangés dans les casiers, Mlle du Pérou nous annonça :

— Monsieur Racine viendra après-dîner vous lire sa pièce et...

Plusieurs d'entre nous ne purent retenir des cris de joie qu'elle arrêta d'un geste autoritaire de la main :

— Voyons, mesdemoiselles, de la tenue ! gronda notre maîtresse.

— C'est que, nous sommes si heureuses d'entendre du théâtre, s'excusa Olympe.

— Je vous comprends. M. Racine est un grand dramaturge ! Qu'il ait accepté d'écrire pour notre maison un... un nouveau chef-d'œuvre... est un honneur que... enfin que...

Catherine du Pérou s'embrouillait, émue à la perspective de rencontrer celui à qui elle vouait une admiration sans bornes. Elle toussota afin de reprendre ses esprits et termina :

— ... qu'il faut nous en montrer digne. Aussi, lorsqu'il entrera dans la pièce, vous lui ferez votre révérence sans excès, vous resterez bien droites et attentives lorsqu'il lira, et vous n'applaudirez que si Mme de Maintenon en donne le signal.

— Ne craignez rien, mademoiselle, nous serons parfaites ! promit Éléonore.

Au réfectoire, mes camarades se lançaient des œillades, soupiraient et se dandinaient sur leur banc, visiblement au supplice de devoir garder le silence imposé par le règlement.

Par chance, la pluie, qui était tombée la veille sans discontinuer, avait cessé, et la récréation eut lieu dans le parc.

— Qu'est-ce que je vous avais dit ! s'exclama Éléonore.

— Je suis contente, contente, contente ! chantonna Jeanne en tournoyant.

— Sans le théâtre, la vie n'a plus de goût. J'aimerais pouvoir jouer chaque soir sur la scène de la Comédie-Française et être applaudie par tout Paris ! rêva Olympe.

Je ne pus m'empêcher de lui faire remarquer :

— Olympe, oubliez-vous que les comédiens sont exclus de l'Église !

— Oh, non ! Cela m'effraie, mais point assez pour que j'abandonne mon rêve !

— J'ai ouï dire que Molière avait été enterré de nuit, murmura Henriette comme si prononcer le nom du comédien excommunié était un péché.

— Puisque la comédie est si dangereuse pour nos âmes, comment se fait-il que Madame nous la fasse jouer devant le Roi et la cour ? s'étonna Jeanne.

— Parce que nous ne jouons pas des farces mais des tragédies bibliques, et que nous ne le faisons pas pour de l'argent mais seulement pour améliorer notre mémoire et notre diction, ajoutai-je.

— Pour l'heure, le sort des comédiens m'indiffère, ce qui compte c'est la nouvelle pièce... assura Gertrude.

Contrairement à ce qui se passait d'habitude, la cloche annonçant la fin de la récréation fit naître des sourires sur toutes les lèvres des élèves de la classe jaune. Nous regagnâmes notre classe en cachant l'excitation qui nous habitait afin de ne pas nous attirer les réprimandes de notre maîtresse. La plupart d'entre nous firent semblant de s'intéresser à leur ouvrage, mais nous guettions toutes les bruits de pas dans le corridor, et plusieurs se piquèrent le doigt, lâchèrent leur broderie ou emmêlèrent leurs fils.

Soudain, la porte s'ouvrit. Nous nous levâmes.

Dans sa précipitation, Olympe fit tomber sa chaise. Elle en rougit de honte, mais Madame fit comme si rien de fâcheux ne s'était produit et elle entra dans la pièce suivie de M. Racine. Nous lui fîmes une petite révérence.

En galant homme, le dramaturge inclina légèrement la tête devant Mlle du Pérou.

— Mesdemoiselles, M. Racine a été si satisfait des représentations d'*Esther* qu'il a tenu à venir vous lire sa nouvelle pièce, *Athalie*. C'est un sujet admirable qui dépeint de façon édifiante les excès où conduisent les instincts humains, pour conclure sur le triomphe de Dieu.

Imperturbable sous le compliment, M. Racine ajouta :

— Il s'agit cette fois d'une véritable tragédie grecque en cinq actes. Les chœurs ne sont présents qu'à la fin de chaque acte, ce qui, au lieu de ralentir l'action, lui donne une dimension poétique et spirituelle.

Mme de Maintenon s'assit dans le fauteuil que nous avions installé, dos à la fenêtre, à son intention. Racine n'utilisa point celui qui lui était destiné. Debout, il déclama sa pièce. Nous étions suspendues à ses lèvres et, pendant tout le temps que dura la lecture, nous nous trouvâmes transportées dans le temple de Jérusalem et vibrâmes aux péripéties de Joas, Joad et Athalie.

Lorsqu'il se tut, Madame n'applaudissant pas, nos esprits continuèrent à flotter quelques secondes encore dans le royaume de Juda, et nous eûmes du mal à redescendre sur terre.

Mme de Maintenon rompit la magie du moment en remarquant :

— Vous voilà aussi conquises que moi par ce si beau texte !

M. Racine s'inclina devant sa protectrice pour la remercier du compliment. Ne voulant pas être en reste, Mlle du Pérou enchaîna :

— Comment ne le seraient-elles pas ? Il atteint le sublime.

— Je vous laisse la pièce, vous pourrez commencer à la faire étudier à vos élèves. M. Nivers leur fera apprendre les chants. Sa Majesté, qui, comme vous le savez, a beaucoup apprécié *Esther*, a hâte d'assister à la première représentation d'*Athalie*.

Madame se leva et quitta la salle, Racine sur ses talons.

Nous essayâmes de garder notre calme tandis qu'ils s'éloignaient, mais dès que nous pensâmes qu'ils ne pouvaient plus nous entendre, nous nous précipitâmes vers notre maîtresse pour essayer d'apercevoir le nom des personnages, quelques lignes du texte ou seulement pour toucher le papier.

Une bousculade s'ensuivit, car celles qui avaient déjà joué dans *Esther* se croyaient autorisées à passer devant les plus jeunes. Ces dernières se plaignirent qu'on leur avait marché sur les pieds ou qu'on les avait tirées par la manche pour les empêcher d'approcher.

— Mesdemoiselles ! cria Mlle du Pérou pour dominer le brouhaha, votre attitude est intolérable ! Regagnez vos places, reprenez vos ouvrages et gardez le silence ! Si la mère supérieure vous entend, vous serez punies !

Nous lui obéîmes, mais je vis bien qu'Olympe, Gertrude et Henriette bouillaient d'une impatience difficilement contenue.

Après une heure de travail, où tout en tirant l'aiguille, chacune de mes camarades dut s'imaginer dans l'un ou l'autre des personnages de la pièce, Mlle du Pérou nous dit :

— Puisque vous avez retrouvé votre calme, je vais vous relire la pièce et...

— Oh, merci, mademoiselle ! coupa Henriette.

Notre maîtresse fronça les sourcils, soupira comme si elle renonçait à assagir cette tumultueuse élève et reprit pourtant :

— Henriette, apprenez à vaincre vos émotions, je vous en conjure.

— Oui, mademoiselle, je vais m'y efforcer.

Mlle du Pérou nous fit donc une nouvelle lecture de la pièce. Nous en goûtâmes mieux que la première fois l'ampleur tragique, et certaines d'entre nous laissèrent couler leurs larmes. Au milieu de l'acte cinq, la cloche annonçant vêpres nous fit sursauter tant nous étions prises par le texte. Mlle du Pérou s'arrêta à regret, et des murmures de déception nous échappèrent.

— Nous reprendrons la lecture demain. Pour l'heure, oubliez *Athalie* pour ne penser qu'à la prière, nous conseilla notre maîtresse.

— Pas facile, me glissa Olympe à l'oreille.

En rang par deux, nous descendîmes l'escalier conduisant à la chapelle. Quelques chuchotements se firent entendre, mais il suffit à notre maîtresse de froncer les sourcils pour qu'ils cessent.

En pénétrant dans l'édifice, Henriette fit semblant de se tordre le pied et, se tenant contre le chambranle de la porte pour se masser la cheville, elle souffla aux amies qui passaient devant elle :

— Ce soir, au dortoir.

Après le départ de Louise et Charlotte, leurs lits avaient été attribués à Olympe et Éléonore, ce qui avait renforcé les liens que j'entretenais avec ces deux jaunes. Et comme Olympe avait des affinités avec Gertrude, et Éléonore avec Henriette, notre cercle s'était agrandi. Jeanne, amie de Louise depuis leur enfance, et qui souffrait de son départ, s'était rapprochée de moi, qui étais aussi une amie de Louise. Ainsi, en perdant Louise et Charlotte, j'avais découvert cinq autres amies.

Certes, ces amitiés nouvelles n'étaient pas aussi fortes que celles qui existaient entre Louise, Charlotte, Hortense et moi, mais je retrouvais quand même dans nos discussions, nos rires, nos confidences le soir dans le dortoir, un peu de la complicité qui nous avait si bellement unies.

Je dois l'avouer, la solitude m'effrayait. Non point la solitude du corps, car nous n'étions jamais seules à aucun moment dans cette maison, mais la solitude du cœur. J'avais besoin d'êtres à aimer et que l'on m'aimât en retour. Je n'aurai pas l'impudeur de parler de l'amour charnel pour une personne de l'autre sexe, ni même de l'amour galant. Non, j'avais besoin de partager de la tendresse avec mes semblables, de me sentir utile et appréciée. Ma mère, dans ma petite enfance, m'avait offert tout son amour, et j'avais envie de faire de même. J'avais espéré pouvoir chérir Victoire, mais le temps passait et elle ne venait pas. J'avais ouvert mon cœur à la petite Rose-Blanche, dont la fraîcheur me comblait, mais cela ne me suffisait pas, je voulais être aimée de tous et aimer tout le monde.

Je me confiai un jour à un prêtre venu nous confesser.

— Mon enfant, le seul amour qui vous comblera est celui de Dieu, me dit-il.

J'eus comme un éblouissement. Il avait raison.

— Vous êtes sur la bonne voie, continua le prêtre. Après la classe bleue, vous entrerez en noviciat chez les dominicaines, puis vous prendrez le voile et vous donnerez votre vie à Dieu.

La dernière partie de sa phrase me glaça et éteignit la lumière qui s'était allumée dans ma tête. Ma vie, je ne voulais pas la donner à Dieu. Je voulais être utile aux autres, leur apprendre à lire, à compter, leur faire découvrir les beautés de la poésie, ouvrir leur esprit. Dieu n'avait pas besoin de moi, même si moi j'avais besoin de lui. Sitôt cette idée émise, j'eus honte. Je ne savais plus où j'en étais.

Où était ma voie ? Que devais-je faire de ma vie ?

Au lieu d'être apaisée, je sortis de la confession en grande peine. Je fis part de mon trouble à Hortense.

— Ne vous inquiétez pas pour votre avenir, me conseilla-t-elle, laissez agir le destin. Moi, il y a un an, je voulais devenir religieuse, et puis j'ai rencontré Simon, et maintenant je n'ai qu'un rêve : vivre avec lui. Le destin fait de nous ce qu'il veut.

J'espérais que le choix serait aussi évident pour moi, mais j'en doutais.

Le soir venu, après avoir passé nos tenues de nuit, nous nous allongeâmes dans nos lits. Nous attendîmes le passage de la surveillante venue vérifier qu'aucune chandelle n'était restée allumée, puis nous nous levâmes sans bruit pour gagner le lit d'Olympe.

Nous nous réunissions ainsi une ou deux fois par semaine pour bavarder. Parfois, Gertrude imitait la voix, la démarche ou les attitudes d'une maîtresse, d'une novice ou d'une de nos compagnes, ce qui nous faisait pouffer de rire. C'était un jeu cruel, je le reconnais, mais nous n'avions aucune ouverture sur le monde qui nous aurait permis d'avoir d'autres sujets de conversation. Et nous avions fort peu l'occasion de rire à Saint-Cyr.

Hortense refusa de quitter son lit.

— Cela vous changera les idées, insistai-je.

— Ce n'est pas la peine, je ne le pourrai point... Je ne pense qu'à Simon et comme je n'ai plus aucune nouvelle de lui, je...

Un sanglot l'empêcha de poursuivre. Je la réconfortai.

— Il est sans doute empêché de vous en donner, mais je suis certaine qu'il ne vous a pas oubliée.

— Allez rejoindre les autres, ce soir, je ne serai pas d'une compagnie agréable.

Sa détresse m'émut mais, ne voyant pas comment l'apaiser, je la laissai à contrecœur.

— Hortense est souffrante ? s'informa Olympe.

— Oui, à cause de Simon.

— Ah, elle ne connaît pas sa chance ! Moi, pour être aimée d'un gentilhomme comme Simon, je vendrais mon âme au diable ! avoua Gertrude.

Nous nous signâmes vitement pour éloigner l'esprit du malin, qui aurait pu planer dans la pièce sombre. Gertrude avait le goût de la provocation et se plaisait, je crois, à nous effrayer.

Henriette lui donna un coup de coude dans les côtes.

— Arrêtez de dire des âneries. Les gentilshommes ne sont pas faits pour l'amour mais pour la guerre.

— Oh, quelle horreur ! s'indigna Jeanne. Moi je suis comme Hortense, je rêve de rencontrer un doux damoiseau qui...

— Bon ! s'impatienta Olympe. On n'est pas là pour parler d'amour, mais de la pièce.

— Oh, vous, il n'y a que le théâtre qui vous intéresse ! grogna Éléonore.

— Sans doute, mais à Saint-Cyr, c'est le seul divertissement qui nous soit accordé. Pour l'amour, il n'y faut point songer !

— De toute façon, quand je vois l'état de cette pauvre Hortense, cela ne me fait guère envie, dis-je.

Olympe ignora ma réplique et enchaîna :

— Le personnage d'Athalie est fait pour moi.

— Moi, je préférerais jouer Joad, il me déplairait d'interpréter une traîtresse, avoua Henriette.

— Justement, il est passionnant d'entrer dans la peau d'un personnage aussi complexe qu'Athalie.

— Moi, c'est Joas qui me séduit, il a l'air à la fois si fragile et si fort, assura Éléonore.

— Joas a dix ans, il sera certainement joué par une fillette de la classe rouge.

— Dommage.

— J'aimerais être dans les chœurs, parce que c'est chanter qui me plaît et non jouer la comédie, dit Jeanne.

— Oh, que j'ai hâte de commencer les répétitions !

— J'imagine déjà la scène dressée dans le corridor, et nous dans de beaux costumes attendant en tremblant que le Roi et la cour s'installent pour nous applaudir. Rien n'est plus fort que cela, rêva Olympe.

— Taisez-vous ! s'écria soudain une voix étouffée venue d'un lit voisin, je veux dormir !

Je reconnus la voix de Marianne de Compigny.

— Eh bien, bouchez-vous les oreilles et dormez ! lança Gertrude en direction du visage que l'on apercevait vaguement sur l'oreiller éclairé d'un rayon de lune.

— Si vous le prenez comme ça, j'appelle la surveillante et vous serez punies !

— Hou, la méchante rapporteuse ! souffla Gertrude.

— De toute façon, aucune de vous ne jouera ! C'est notre tour à présent. L'année dernière nous étions trop jeunes, cette année, c'est vous qui êtes trop vieilles puisque vous allez sur vos seize ans.

Cette juste constatation cloua le bec de Gertrude et endeuilla notre humeur.

— Ah ! vous n'avez plus rien à dire ! s'exclama un peu trop fort Marianne. Eh bien tant mieux !

Plusieurs camarades furent réveillées par l'altercation. Le clan des dormeuses étant plus nombreux que nous et puisque, de toute façon, nous étions en tort, nous regagnâmes nos lits.

J'eus du mal à trouver le sommeil. Hortense pleurait sous ses draps et j'entendais Olympe et Gertrude se retourner sur leur couche.

Si *Athalie* n'était pas pour les grandes de la classe jaune, la déception serait si cruelle que mes compagnes risquaient de ne pas s'en relever, ce qui pourrait mettre en péril la bonne ambiance qui régnait entre nous.

CHAPITRE

3

Dès le lendemain, notre maîtresse nous proposa d'apprendre la pièce.

— Savez-vous quelle bande[1] sera retenue pour jouer devant le Roi ? s'informa Olympe.

— Je l'ignore. Le plus sage est que vous travailliez toutes assidûment, comme cela vous serez prêtes lorsque Mme de Maintenon et Racine feront leur choix.

— À quoi bon, si les rôles sont pour celles qui ont moins de quinze ans ! s'insurgea Gertrude.

— Apprendre des vers écrits spécialement pour vous par M. Racine est un honneur que beaucoup aimeraient avoir, alors mademoiselle de Crémainville, je vous somme de ne point faire la fine bouche ou je m'en plaindrai à Madame !

---

1. Chaque classe, d'une soixantaine d'élèves, était divisée en « bandes » de dix élèves. Chaque bande avait à sa tête la meilleure élève, qui assistait la maîtresse.

Gertrude pinça les lèvres et, tournant ostensiblement le dos à Mlle du Pérou, elle s'assit à sa place et grommela entre ses dents :

— Je ne supporte plus ses réflexions.

— C'est pour votre bien, Gertrude, lui soufflai-je pour la réconforter.

— Et cessez vos bavardages ! gronda encore la maîtresse.

Je rougis, parce que cet ordre me blessa. Je voulais être parfaite pour entrer la tête haute dans la classe bleue, devenir le chef de ma bande et pouvoir enfin, à vingt ans, revêtir l'habit noir des maîtresses.

Hortense et moi, qui avions une belle écriture, fûmes désignées pour recopier la pièce. Trois exemplaires pourraient ainsi circuler entre nous. Je m'en acquittai de mon mieux, mais la main d'Hortense tremblait, et elle fit plusieurs taches sur la feuille. Les autres s'occupèrent à leur ouvrage de broderie et, pendant plusieurs heures, on n'entendit que le crissement de la plume d'oie sur le papier, le bruit ténu du fil glissant dans l'étoffe et quelques soupirs aussi.

Depuis plusieurs semaines, Hortense m'inquiétait. Elle mangeait peu, pleurait en cachette et dormait mal. Et tout cela parce qu'elle avait renoncé à fuir avec Simon et qu'elle se consumait d'amour !

Lorsque nous nous retrouvâmes après dîner dans

le parc pour la récréation, j'entraînai Hortense derrière un if pour essayer de la raisonner.

— Hortense, vous n'avez rien mangé encore
aujourd'hui, vous allez user votre santé !

— Cela n'a pas d'importance puisque Simon m'a
oubliée.

— Il ne peut sans doute pas vous faire passer de
message parce qu'il s'est éloigné de Versailles pour
quelque temps.

— Vous croyez ?

— J'en suis certaine.

Soudain, des mousquetaires pénétrèrent dans la
cour, précédant le carrosse royal et plusieurs gentilshommes à cheval.

— Mon Dieu, le Roi ! s'exclama Hortense.

Déjà, les maîtresses frappaient dans leurs mains
pour nous appeler afin d'accueillir le monarque
comme il se doit.

— Venez vite ! dis-je à mon amie.

À ce moment-là, un étourdissement la saisit, et elle
se laissa tomber à terre.

— Hortense ! criai-je, inquiète.

— Je... je ne me sens pas bien.

— Je vais vous chercher un verre d'eau et un mor-
ceau de pain. Je suis persuadée que si vous mangiez
plus, vous iriez mieux.

Je courus vers les cuisines, j'expliquai le malaise

d'Hortense, la sœur cuisinière consentit à me donner du pain et de l'eau.

Je sortis par une porte latérale pour ne point me faire remarquer, mais en jetant un coup d'œil sur le perron, je vis des gentilshommes qui, ayant confié leurs montures aux palefreniers, s'apprêtaient à se diriger vers la chapelle pour assister aux vêpres, et des dames, descendues des calèches, qui défroissaient du plat de la main l'étoffe de leur jupe. Le Roi, déjà à l'intérieur du bâtiment, écoutait le chant de bienvenue interprété par ses Colombes.

Le galop d'un cheval attira mon regard vers le fond du jardin. Un cavalier et une jeune fille le montaient. Ils franchirent vitement la porte donnant accès à la forêt. La jeune fille était Hortense, j'en étais sûre [1].

Pétrifiée, je demeurai dans l'allée, fixant l'endroit où ils avaient disparu.

Quelques dames poussèrent des cris stridents, désignant du doigt la porte de la forêt. Des gentilshommes réclamèrent leurs chevaux, le chant des Colombes s'arrêta net, le Roi parut sur le seuil.

— Un gentilhomme a... a osé enlever une demoiselle de Saint-Cyr, lui annonça quelqu'un de sa suite.

Le visage du Roi se ferma.

— C'est un crime dont il devra répondre, lâcha-t-il avant d'ordonner : Envoyez les mousquetaires à leur poursuite !

1. Voir *La Promesse d'Hortense*.

Mon cœur s'arrêta de battre. Les mousquetaires ! Pour une simple histoire d'amour ! Sans réfléchir, je me précipitai au-devant des cavaliers et, étendant les bras d'une manière tout à fait ridicule, je suppliai :

— Ne les tuez point ! Ils ne sont coupables que de s'aimer !

— Écartez-vous, nous obéissons au Roi ! m'ordonna le capitaine.

Je ne bougeai point et repris :

— Hortense est mon amie, et celui qui vient de l'enlever est Simon, son fiancé !

— Écartez-vous ! répéta le capitaine. Enlever une jeune fille et l'épouser sans le consentement de ses parents est passible de prison.

Il fit signe à ses hommes de me contourner.

Sans doute excédé par mon intervention, un cavalier me bouscula et je tombai. Des sanglots me secouèrent. Je ne savais si c'était la peur, la tristesse ou la honte qui en était la cause.

Une jeune femme enveloppée d'un parfum capiteux me releva.

— Venez, ne restez pas ainsi couchée dans la poussière.

Je levai les yeux vers elle. Son visage était bienveillant, et elle me parut aussi jeune que moi.

— Vous avez eu bien du courage de vous exposer aux sabots des chevaux.

— C'était pour... pour sauver mon amie Hortense...

elle aime Simon... et elle était si malheureuse, balbutiai-je.

Des dames et quelques gentilshommes faisaient cercle autour de nous. Mais bientôt Mlle de Loubert, la mère supérieure de notre maison, apparut. Elle s'inclina profondément devant ma bienfaitrice, lui assura que la recevoir était un grand honneur pour l'institution de Saint-Cyr et lui présenta ses excuses pour le désagrément. Je n'osais plus regarder la demoiselle qui m'avait relevée, car il devait s'agir d'une personne très proche du Roi. La mère supérieure se tourna vers moi et me dit sèchement :

— Marsanne, dans mon bureau !

— Oh, mademoiselle ! supplia ma bienfaitrice, soyez indulgente envers cette demoiselle, elle n'a agi qu'au nom de l'amitié.

— Vous êtes trop bonne, princesse, elle aura le châtiment qu'elle mérite.

— Mais elle n'en mérite aucun, et vous m'obligeriez en reconnaissant qu'elle est innocente.

La mère supérieure s'inclina, mais je vis à sa mine qu'elle était fort fâchée et que j'allais essuyer ses foudres. Elle ferma derrière nous la porte de son bureau et attaqua :

— Les vêpres ont été retardées par votre faute. Quel affront pour Sa Majesté et quelle honte pour notre maison !

— Je... je vous demande pardon !

Pointant son index vers moi, elle s'insurgea :

— Pourquoi avoir voulu empêcher les mousquetaires de poursuivre ce scélérat venu enlever cette
pauvre Hortense ?

Je cherchai les mots pour expliquer la situation.

— Le connaissiez-vous ? insista la supérieure.

— C'est-à-dire que... c'est le frère de Charlotte et...

— Le frère de Lestrange... un huguenot !

Elle se signa comme s'il s'agissait du diable en
personne.

— Et quand je pense que... que nous avons chari-
tablement accueilli sa sœur pour la mettre dans le
droit chemin de la religion catholique et qu'elle a...
trahi cette maison en s'enfuyant !

Le visage de la supérieure virait au pourpre, et elle
bafouillait d'énervement.

— Et vous êtes complice de... ce... cette abomi-
nation !

— Non point. Je n'étais pas au courant de ce
projet.

— Vous mentez !

— Oh, non, madame, je suis...

— Taisez-vous !

J'avais eu mon content d'émotions, et mes nerfs,
mis à rude épreuve, lâchèrent : j'éclatai en sanglots.

— Vos pleurs ne m'attendriront pas. J'informerai

Madame de votre cas, nous en discuterons, et si elle le juge bon, vous serez chassée de notre maison.

C'en fut trop. En une fraction de seconde, je vis mon rêve s'effondrer et je tombai en pâmoison.

Je me réveillai sur un lit de l'infirmerie ; une jeune novice, penchée sur moi, me tamponnait la tempe d'un linge humide.

— Vous nous avez fait peur ! Votre tête a heurté l'angle du bureau de la mère supérieure, et vous avez été longue à reprendre vos esprits.

Je portai la main à mon front douloureux.

— Dieu merci, vous en serez quitte pour une bosse !

Je lui souris, quand, tout à coup, les circonstances de cet accident me revinrent en mémoire. J'étais perdue et les larmes reprirent de plus belle. La jeune novice posa une main compatissante sur mon bras et me dit :

— Ne vous inquiétez pas à l'avance. Madame est la justice même, et si vous n'avez rien à vous reprocher, vous ne serez pas punie.

— Mais comment saura-t-elle démêler le vrai du faux ?

— Avec l'aide de Dieu, elle y parviendra, j'en suis certaine. En attendant, la mère supérieure souhaite que vous soyez isolée des autres. Vous resterez donc ici quelques jours.

J'étais la seule « malade » de l'infirmerie et je m'ennuyais fort. On ne m'autorisait pas à lire, me conseillant seulement de prier, ce que je faisais avec ferveur, suppliant Dieu de me venir en aide afin que la vérité éclate. Lorsque je demandais des nouvelles à la jeune novice qui m'apportait les repas, elle me disait que Madame était fort occupée et qu'elle n'avait pas le temps de se rendre à Saint-Cyr. J'espérais qu'il ne se passerait pas de longues semaines avant qu'elle ne vienne, car je craignais fort que ma santé ne se ruine. En effet, je mangeais à peine, je dormais peu, et ne pas savoir si Hortense avait pu échapper aux mousquetaires me minait.

Enfin, après trois jours de ce régime, on me conduisit dans l'appartement que Mme de Maintenon occupait lors des séjours qu'elle faisait dans notre maison. Je n'y étais jamais entrée. Elle nous recevait toujours dans le bureau de la supérieure et cela m'intrigua.

Voulait-elle me punir sévèrement sans témoins ?

J'entrai dans sa chambre, tenant à peine sur mes jambes, le visage rougi par les pleurs et les mains tremblantes. Elle était assise dans un fauteuil et remarqua aussitôt :

— Vous voici dans un piètre état.

J'avais la gorge si sèche d'angoisse qu'aucun son ne franchit mes lèvres. Je baissai la tête et j'attendis la sentence.

— La mère supérieure m'a expliqué votre cas...

Elle marqua un temps d'arrêt qui me mit au supplice avant de poursuivre :

— Je vous connais bien, Isabeau, et je vous estime. Sincèrement, je vous sens incapable d'avoir facilité l'enlèvement d'Hortense... même s'il s'agit de votre amie.

Comme si on m'ôtait l'énorme poids qui me broyait la poitrine, un soupir m'échappa, et je tombai à genoux.

— Merci, Madame, merci de croire en moi... Il est vrai que j'aime trop Hortense pour l'avoir aidée dans cette folle entreprise. Elle m'avait confié le projet de M. de Lestrange. Elle avait cherché à le dissuader et, n'ayant plus aucune nouvelle de lui, elle avait pensé qu'il s'était détourné d'elle... Et puis...

Mme de Maintenon garda un moment le silence, puis me confia :

— Vous avoir autorisées à jouer *Esther* devant le Roi et la cour n'était sans doute pas une bonne idée. Cette maison ne doit pas perdre de vue ce pourquoi le Roi l'a créée : faire de vous des demoiselles sages et pieuses.

— Nous faisons de notre mieux.

— Tsst, tsst, siffla-t-elle entre ses dents, certaines de vos compagnes refusent à présent de se plier aux règles et font de véritables caprices d'enfants gâtées. Mais j'ai décidé d'y mettre bon ordre. Relevez-vous, mon enfant, et sachez que j'ai toute confiance en vous. Si vous continuez ainsi dans la voie de la sagesse et de la piété notre maison sera honorée de vous compter parmi les novices.

J'ébauchai un sourire. Mme de Maintenon ne venait-elle pas de me dire qu'elle souhaitait que je devienne maîtresse à Saint-Cyr ? Je m'inclinai et, lui baisant avec respect le bout des doigts, je m'exclamai :

— Oh, Madame, c'est le seul but de ma vie !

— Alors, Isabeau, regagnez votre classe. Cet épisode ne sera bientôt plus qu'un mauvais souvenir.

Et comme j'allais franchir le seuil de sa chambre, elle ajouta :

— Et veillez à bien manger et à dormir, sinon vous tomberez malade pour de bon !

Il me sembla que cette phrase était celle d'une mère aimante, et c'est le cœur plus léger que je me dirigeai vers la classe des jaunes.

CHAPITRE

4

Lorsque j'entrai dans la classe, quarante-cinq regards interrogatifs se posèrent sur moi. Pour toute réponse, je leur adressai un petit souri[1] afin de leur signifier que tout s'était bien passé.

— Reprenez votre place, Marsanne, m'ordonna Mlle du Pérou.

Je m'assis à la table que je partageais avec ma bande. Henriette poussa un énorme soupir en me désignant l'étoffe que nous devions broder pour orner l'autel. Cela m'étonna car, habituellement, à cette heure, nous déclamions des vers ou apprenions des poésies. J'aperçus aussi les yeux rougis d'Éléonore, la tristesse de Jeanne et l'air buté de Gertrude. Tout cela me fit penser que, pendant mon absence, des changements avaient eu lieu.

---

1. Sourire.

Comme quelques murmures se faisaient entendre, notre maîtresse nous sermonna :

— Je vous rappelle que le silence est de rigueur et que tandis que vos mains travaillent vous devez tourner votre cœur vers Dieu et prier.

Je levai un regard surpris vers elle, et elle crut bon de m'expliquer :

— Mme de Maintenon a jugé que depuis que vous aviez joué devant le Roi vous manquiez d'humilité, et comme elle ne veut point faire de vous des filles orgueilleuses elle a décidé de revenir à plus de simplicité. Les leçons de poésie sont donc remplacées par des travaux d'aiguille.

Le visage désespéré de mes compagnes me montra assez que cette nouvelle règle les affligeait autant que moi.

De ce fait, mon retour dans la classe jaune ne fut pas aussi heureux que je l'avais imaginé. Il me fallut attendre la nuit pour avoir des réponses à mes questions.

Dès que la surveillante eut disparu dans sa cellule, nous nous levâmes pour rejoindre le lit d'Olympe.

— Oh, quelle chance elle a eu, Hortense, de pouvoir fuir Saint-Cyr ! s'exclama Henriette. Elle vous avait parlé de son projet ?

— Point du tout.

— Alors vous n'êtes pas sa complice ? conclut Jeanne.

— Non. Contrairement à la mère supérieure, Madame a cru à mon innocence et m'a dispensée de punition. Elle est la bonté même !

— Parlons-en de sa bonté ! s'emporta Gertrude. Elle nous impose un nouveau règlement et veut faire de nous des femmes soumises, humbles, idiotes et pieuses.

— Voyons, Gertrude, votre nature exaltée vous égare. Madame veut sûrement...

— Elle a refusé que je couse un nouveau ruban sur ma robe alors que je l'avais gagné en ayant eu les meilleurs résultats du mois, coupa Jeanne. Elle veut même que nous supprimions ceux que nous portons déjà.

L'intervention de Jeanne m'étonna. Elle était d'une nature douce, et je ne l'avais jamais entendue se plaindre.

— Et maintenant plus de poésie ! Que des textes saints, et encore à condition qu'ils soient en prose !, parce que Madame craint que la poésie ne nous détourne de la simplicité, reprit Henriette.

— A-t-elle supprimé *Athalie* ? demandai-je.

— Pas encore, mais cela ne saurait tarder.

— Il paraît que depuis que nous avons joué *Esther* devant le Roi et la cour, nous sommes devenues orgueilleuses, frivoles, vaniteuses, hardies, curieuses...

— À croire le discours que nous a tenu la mère supérieure le lendemain de l'enlèvement d'Hortense, grogna Gertrude, nous avons tous les défauts du monde !

— Il est vrai que cette pièce a changé beaucoup de choses dans notre vie, reconnus-je.

— Oui. Elle nous a ouvert les yeux sur le monde extérieur, mais où est le mal ? J'avoue ne pas comprendre pourquoi ce qui est bon pour le Roi et sa famille serait mauvais pour nous... s'indigna Olympe.

— Parce que Madame veut faire de nous des filles vertueuses, et qu'avec le départ de Louise, de Charlotte et d'Hortense, elle a l'impression de faillir à sa mission.

— Dites plutôt qu'elle veut transformer Saint-Cyr en couvent ! s'emporta Henriette.

— Chut ! souffla Éléonore un doigt sur les lèvres, si la surveillante nous surprend, la punition risque d'être exemplaire.

— Vous avez raison. On nous a annoncé le retour du fouet ! Madame, qui prétendait qu'une bonne éducation doit exclure la violence, vient de faire machine arrière sous le prétexte de nous apprendre l'humilité.

— Tous nos maux viennent de M. Godet des Marais, nouvel évêque de Chartres, qui est le supérieur diocésain de notre maison. Il voit le mal partout. Il a juré de remettre notre institution dans le droit chemin, dont d'après lui nous nous sommes éloignées en jouant la comédie.

— Hier, il est venu célébrer la messe. Il a tout du corbeau : il est maigre à faire peur. Il a un nez d'aigle et un regard qui perce jusqu'au fond de l'âme, se désola Henriette.

— Sa soutane est usée, sale et malodorante, ajouta Gertrude. Et je m'étonne que Madame tolère une telle négligence.

— Dans son sermon, il nous a promis les flammes de l'enfer si nous ne changions pas de comportement.

Ce que m'apprenaient mes compagnes m'inquiétait. Mais n'exagéraient-elles pas pour m'impressionner ? J'étais si heureuse à Saint-Cyr que je n'imaginais pas que l'on pût troubler cette quiétude, aussi insistai-je :

— Allons, ne voyez pas tout en noir ! Madame n'a pas interrompu les répétitions d'*Athalie*, c'est une bonne chose. Pour lui prouver que notre seul but est de la satisfaire et de distraire le Roi, nous la jouerons encore mieux qu'*Esther*. Elle sera bien obligée de convenir que nous sommes sérieuses et studieuses et non des créatures futiles !

— Ah, Isabeau, vous êtes par trop naïve ! se fâcha

Gertrude. Et votre admiration pour Madame vous aveugle. Demandez donc à Éléonore ce qui lui arrive.

Je me tournai vers Éléonore, qui effectivement n'avait pas pris part à notre conversation. Entendre son nom raviva ses larmes. Je la questionnai avec tendresse :

— Vous avez un problème ?

— Hélas. Vous souvenez-vous qu'après les représentations d'*Esther* j'avais été appelée au parloir par un homme que j'avais à peine aperçu à travers les grilles de bois ? Il m'avait semblé bien vieux...

Sa voix s'étrangla dans un sanglot.

— Eh bien, il est revenu et il veut m'épouser.

Un long silence suivit cet aveu.

Je n'ignorais pas que certaines d'entre nous avaient été appelées au parloir et que quelques-unes étaient déjà parties pour épouser un homme qu'elles ne connaissaient pas mais qui avait remarqué leur fraîcheur, leur sagesse et leur piété. Cela m'avait révoltée, tout en sachant que c'était dans l'ordre des choses, car notre condition de femme faisait que nous devions nous soumettre aux volontés de nos parents ou de ceux qui les remplaçaient dans notre éducation. L'amour n'entrait pas en ligne de compte. Il s'agissait souvent d'assurer la descendance d'une famille, de divertir un vieil homme ou simplement d'être jeune et belle pour qu'il soit fier de parader à la cour votre main sur la sienne.

— Il s'agit de l'ambassadeur de Saxe. Il est veuf et il a plus de soixante ans, reprit-elle.

— Vous pouvez refuser et devenir religieuse, lui dis-je en guise de consolation.

— Ma parole, vous êtes devenue folle ! s'emporta Henriette. S'enfermer dans un couvent alors que la vie du dehors est si palpitante, c'est bien la dernière chose à conseiller.

— Pour vous, peut-être, mais nous n'avons pas toutes les mêmes aspirations, répliquai-je.

— Henriette a raison, assura Gertrude. Et puis plus ils sont vieux, plus ils meurent vite. Au besoin, même, on peut les aider à passer plus vite dans l'autre monde...

— Oh, Gertrude ! m'offusquai-je.

— Je plaisantais... un peu, pour rendre le souri à cette pauvre Éléonore.

— Après, vous serez une jeune veuve riche. Vous mènerez la vie qui vous plaira et vous serez libre d'épouser l'homme que vous aimez, termina Henriette en entourant de son bras les épaules d'Éléonore.

— Madame m'a effectivement laissé le choix entre le mariage et la vie monastique.

— Nous vous aiderons à prendre votre décision.

— Ah, en tout cas, si c'était à moi que l'on avait fait cette proposition, je n'hésiterais pas une seconde !

s'enthousiasma Olympe. J'y mettrais une seule condition : que je puisse aller au théâtre tous les jours !

— Et puis, le mariage, c'est la liberté ! Dormir à l'heure que l'on souhaite, manger quand on le veut, avoir des servantes, porter de belles robes, des bijoux, aller au bal, sortir en calèche, lire des romans ou de la poésie sans risquer de punition ! Ah, je vous envie ! s'exclama Henriette.

Afin qu'Éléonore pût choisir en connaissance de cause, je crus judicieux d'ajouter :

— La vie monastique a du bon aussi et vouer sa vie à Dieu est digne d'une belle âme.

Les autres haussèrent les épaules, à l'exception de Jeanne, dont le silence me fit penser qu'elle partageait mon opinion.

Jeanne était la plus effacée de nous toutes. Le départ de son amie Louise l'avait beaucoup affectée. C'est moi qui avais imposé sa présence à Olympe, Henriette et Gertrude, afin d'essayer de la distraire, car j'avais craint un instant qu'elle ne se laissât dépérir de chagrin. Les autres l'avaient acceptée par charité. Sa douceur et sa gentillesse finirent par la faire apprécier.

Une fois encore, une jaune s'assit dans son lit et grogna :

— Je voudrais dormir, alors cessez vos bavardages !

Afin qu'elle n'attirât pas l'attention de la surveillante, nous regagnâmes nos lits, mais comme à l'accoutumée après nos longues discussions, j'eus du mal à trouver le sommeil.

Je me demandai si Hortense et Simon avaient pu échapper à leurs poursuivants, s'ils allaient pouvoir se marier et si je les reverrais un jour. Je pensai aussi à Charlotte, dont je n'avais pas de nouvelles, et à Louise. Malgré les nouveaux liens d'amitié qui se nouaient avec Olympe, Éléonore, Henriette, Jeanne et Gertrude, je me sentais seule. Je priai de tout mon cœur pour que Victoire me rejoigne... mais j'avais déjà prié si souvent sans succès que je songeai que ce jour n'arriverait jamais.

CHAPITRE

5

Fort heureusement, apprendre les répliques d'*Athalie* nous occupa, et nous en oubliâmes les nouvelles contraintes de la maison. Nous ne savions pas encore lesquelles d'entre nous seraient choisies pour interpréter la pièce devant le public, aussi, afin d'avoir une chance d'être retenue, chacune travailla-t-elle d'arrache-pied.

Les chœurs étaient déjà au point. M. Nivers avait sélectionné les meilleures voix, ainsi que celles qui, ne se sentant point de don pour le théâtre, craignaient de bafouiller. Jeanne en faisait partie. Elle avait presque une aussi belle voix que celle de Louise.

— En chantant, j'ai un peu l'impression de me rapprocher d'elle, m'avoua-t-elle un soir alors que je l'aidais à délacer son corps [1].

1. Ancien mot pour corset.

Las, en octobre 1690, Mme de Maintenon vint nous apprendre que, comme pour *Esther*, *Athalie* serait jouée par les demoiselles de la classe jaune n'ayant pas encore quinze ans. Un murmure de déception se fit entendre. C'était nous, les anciennes, qui l'avions émis. Mme de Maintenon nous jeta un regard glacial.

— Ce n'est que justice, lâcha-t-elle. Et c'est un excellent moyen de vous faire souvenir que notre maison n'est pas un théâtre et que vous n'êtes pas des comédiennes.

Nous baissâmes les yeux sous la réprimande.

Satisfaite de nous avoir rappelées à l'humilité, elle reprit :

— Je ne peux que vous conseiller d'aider vos jeunes camarades à bien dire leurs répliques. Sa Majesté se réjouit d'entendre ce si beau texte prononcé par des demoiselles aussi pures que vous.

Cependant, je notai que Madame n'avait pas le même enthousiasme que lorsqu'elle nous avait parlé d'*Esther*. Un pli soucieux lui barrait le front.

Dès qu'elle eut quitté la salle, Mlle du Pérou attribua à chaque « nouvelle » une « ancienne » afin que ces dernières puissent bénéficier de notre expérience. Rosalie de Boulainvilliers fut mon élève. Elle avait la peau blanche, de magnifiques yeux bleus et de superbes boucles blondes. Elle était aussi fort intelligente, douce et gentille, ce qui fait que travailler avec elle se révéla un réel plaisir.

Anne de Castillon fut l'élève de Gertrude, ce qui tombait bien, car Gertrude avait beaucoup d'amitié pour Anne.

Nous dînâmes en silence, espérant pouvoir nous épancher pendant la récréation. Hélas, une pluie et un vent glacial balayaient le jardin, et nous ne pûmes sortir.

Nous jouâmes donc dans nos classes au jeu de dames ou à l'onchet [1] — jeu que j'appréciais particulièrement car j'y étais adroite. Avant le durcissement de la règle, nous avions le loisir de bavarder à voix basse. Puisque c'était à présent interdit, notre maîtresse nous proposa un sujet de discussion qui nous permît d'échanger quelques idées.

Prenant un jeu de l'oie intitulé « Le Triomphe de la vertu », elle posa son doigt successivement sur plusieurs cases et nous demanda ce que nous inspiraient la paresse, l'envie, la gourmandise... Quelques camarades répondirent de leur mieux, mais il fut impossible à notre groupe d'ouvrir la bouche. Notre esprit était resté bloqué sur notre cruelle déception, et il nous fallut attendre le soir pour nous libérer.

— C'est affreux ! s'exclama Olympe dès que nous nous retrouvâmes assises sur son lit.

1. Ancêtre du mikado.

— Imaginer d'autres filles que nous jouant devant le Roi et la cour me fend le cœur, protesta Gertrude.

— Elles iront certainement à Versailles comme nous y avons été... et pendant ce temps nous resterons enfermées ici... J'avais rêvé d'y retourner, ajouta Henriette la voix brisée par l'émotion.

— Entendre les murmures des spectateurs, vibrer sur la scène, saluer sous les applaudissements, m'est devenu indispensable, reprit Olympe. Sans cela je vais dépérir.

— Je partage l'avis de Madame. Il est juste de céder notre place aux plus jeunes, dis-je.

— Oui, cela ne me gêne pas du tout de ne pas chanter, remarqua doucement Jeanne.

— Eh bien, en voilà au moins deux qui sont contentes ! se gaussa Gertrude.

— Je ne suis pas contente, d'autant que je vois votre peine. Je trouve seulement normal que ce ne soit pas toujours les mêmes qui jouent.

Nous avions haussé le ton. Bientôt quelques filles se réveillèrent et se mêlèrent à la conversation. Rosalie et Anne en étaient, évidemment. Il s'ensuivit un beau charivari. Certaines fanfaronnèrent parce qu'elles allaient enfin jouer la comédie devant Sa Majesté, d'autres se moquèrent des qualités de certaines comédiennes. Des mots pas forcément bien polis, ni jolis, s'échangèrent. J'essayai de calmer les plus vindicatives. Jeanne, de sa voix posée, répétait :

— Je vous en prie, arrêtez-vous !

Mais rien ne semblait pouvoir stopper ce pugilat entre les futures comédiennes d'*Athalie* et les anciennes d'*Esther*. Bientôt quelques-unes s'empoignèrent par les cheveux, d'autres se donnèrent des coups de pied.

Et ce qui devait arriver arriva.

La surveillante parut sur le seuil du dortoir. Elle frappa dans ses mains. Coups et discussions cessèrent instantanément. Nous restâmes figées, effrayées, dans l'attente de la sentence. En une fraction de seconde, nous imaginâmes la honte que nous éprouverions à être vertement réprimandées par la mère supérieure, Mlle de Loubert, puis par Mme de Maintenon, qui ordonnerait peut-être que nous soyons fouettées.

— Crémainville, c'est encore vous qui semez le trouble dans le dortoir ! claironna la surveillante.

Nous nous attendions toutes à ce que Gertrude proteste avec véhémence puisque nous étions toutes fautives, mais elle leva la tête et répondit crânement :

— Que vous êtes perspicace, mademoiselle de Morandais ! C'est effectivement moi !

Aussitôt, je protestai :

— Nous sommes aussi fau...

Le coude que Gertrude me planta dans le ventre m'arrêta net.

La surveillante ignora mon intervention et commanda :

— Couchez-vous, mesdemoiselles, je ne veux plus entendre un bruit, et vous, Crémainville, suivez-moi, vous passerez la nuit dans la cellule à côté de la mienne. Ainsi vous ne perturberez pas le sommeil de vos compagnes. Demain, j'informerai la mère supérieure de votre conduite.

Je m'allongeai sur mon lit et regardai Gertrude et la surveillante s'éloigner. Je n'étais pas fière de moi et je suppose que les autres ne l'étaient pas non plus. Nous aurions dû défendre notre amie, jurer que nous étions coupables autant qu'elle, au lieu de cela aucune d'entre nous n'avait prononcé le moindre mot. Nous étions lâches. J'étais lâche.

Par contre, l'attitude de Gertrude était grandiose.

Ce n'était pourtant pas celle de notre groupe que je préférais. Nous nous opposions souvent. Son caractère ombrageux me déroutait. C'est d'ailleurs son indiscipline habituelle qui avait conduit Mlle de Morandais à l'accuser d'emblée.

Cette nuit-là, je la parai de toutes les qualités. Elle s'était sacrifiée pour que tout le dortoir ne soit pas puni, et je doutais que, parmi nous, beaucoup eussent agi comme elle.

Le lendemain, Gertrude ne parut pas dans la classe. Nous nous lancions des regards interrogateurs et inquiets. Elle ne dîna pas avec nous non plus. Elle entra dans la classe après la récréation, accompagnée par Mlle de Loubert. Je remarquai aussitôt qu'elle ne portait plus qu'un seul ruban jaune sur sa robe.

— Mlle de Crémainville s'est excusée et a prié toute la matinée pour que Dieu lui pardonne ses fautes. Elle peut reprendre sa place.

Il n'y eut pas un murmure, pas un soupir, pas un froissement d'étoffe lorsque la mère supérieure se tut. Gertrude s'assit à côté de moi et, accentuant son sourire, pour bien nous signifier que tout cela ne la touchait pas, elle saisit le coin de l'étoffe que nous étions chargées de broder et, comme si rien de fâcheux ne s'était passé, elle tira l'aiguille de fil pourpre et reprit le point où elle l'avait laissé la veille.

J'admirai sa maîtrise. Si j'avais été à sa place, avoir été réprimandée par la mère supérieure m'aurait si fort troublée que mes mains en auraient tremblé.

Un après-dîner, deux carrosses vinrent chercher les nouvelles comédiennes pour les conduire à Versailles, où M. Racine et Mme de Maintenon devaient les entendre afin d'attribuer les rôles. Nous les vîmes partir avec envie, tandis qu'une légère angoisse s'emparait de nous. Chacune espérait que la

« jaune » qu'elle avait entraînée obtiendrait l'un des rôles principaux.

Elles revinrent alors que nous jouions aux quilles dans le jardin pendant la récréation. Rosalie, au mépris de toutes règles, courut vers moi et m'annonça :

— C'est moi qui jouerai Athalie !

Puis, emportée par sa joie, elle m'embrassa.

— C'est grâce à vous ! ajouta-t-elle.

Je fus aussi contente de son succès que si c'était moi qui avais été choisie et je la félicitai :

—. Vous ne devez ce résultat qu'à votre travail et à votre talent.

— Boulainvilliers et Marsanne ! gronda la surveillante. Assez de familiarité ! Le théâtre n'a rien de réjouissant, ce n'est qu'un exercice de diction et de mémoire. D'ailleurs, M. le curé de Versailles juge ce genre de divertissement contraire à la piété et à l'esprit du christianisme.

— Il s'agit pourtant d'une comédie sainte, crut utile d'ajouter Olympe.

— Sans doute, mais M. le curé de Versailles, M. l'évêque de Chartres et d'autres hommes d'Église pensent que les jeunes filles de notre maison ne doivent pas s'abaisser à jouer la comédie, et je partage leur avis.

— Ne jouerons-nous pas la pièce ? s'inquiéta Rosalie.

— Je l'ignore. Pour l'heure, je vous ordonne de vous ranger et de garder le silence.

CHAPITRE

6

Quelques jours avant la première, Mme de Maintenon nous annonça que les comédiennes joueraient avec leurs habits ordinaires et non point avec les magnifiques costumes que nous avions portés pour *Esther.*

— *Athalie* ne sera pas donnée devant la cour, mais seulement devant le Roi et quelques personnes choisies avec soin, nous expliqua-t-elle. Sa Majesté ne s'intéresse pas aux costumes mais uniquement au sublime texte de M. Racine.

Nos compagnes furent bien marries[1] de devoir renoncer à se parer de bijoux et d'étoffes précieuses.

— Quelle chance vous avez eue ! se plaignit ma protégée, j'aurais tant voulu, pour une fois, quitter le

1. Déçues.

costume de Saint-Cyr et porter de l'or et des diamants.

— Madame ne le veut point, il faut lui obéir.

— Je crois, moi, que Madame vieillit... marmonna Gertrude.

— Oh ! soufflai-je, scandalisée.

— Souvenez-vous, lorsque nous sommes arrivées dans cette maison, elle nous a accueillies en affirmant que nous n'entrions point dans un couvent mais dans une maison d'éducation.

— Parfaitement, assura Olympe, et c'est pour cette raison que mon père a œuvré pour que j'y sois acceptée. Il ne voulait pas faire de moi une nonne mais une demoiselle prête pour le mariage.

— Eh bien, regardez ! les règles changent : on n'a plus le droit de lire de poésie. La broderie, la couture, la prière prennent de plus en plus de notre temps, et nous n'aurons bientôt plus le droit de parler... Je gage que d'ici quelques mois on nous obligera à prononcer nos vœux.

Cette fois, je ne protestai pas. J'avais éprouvé la même impression sans vouloir me l'avouer.

— Je suis persuadée que le Roi, qui aime tout ce qui est beau et luxueux et qui goûte si fort le théâtre, ne serait pas opposé à ce que vous portiez quelques ornements, ajouta Olympe.

— Certes... mais Madame a précisé : « avec vos habits ordinaires », soupira Rosalie.

— Dans ce cas, nous ne lui désobéirons pas, lança Olympe.

Mais je sentis, à son ton enjoué, qu'elle n'en pensait pas un mot et qu'elle avait une idée plaisante derrière la tête.

La veille du jour fatidique, les comédiennes ne parvinrent pas à dormir, et nous non plus par conséquence. Dans le dortoir, elles nous récitèrent à voix basse leur texte, trébuchant sur certains mots, oubliant quelques vers, se désolant, pleurant, s'angoissant. Nous les encourageâmes de notre mieux, leur rappelant que nous avions vécu la même situation, et que tout c'était finalement fort bien passé. Il était touchant de voir avec quel amour nous les calmions, les rassurions. Il y allait de notre honneur, que tout se déroulât pour le mieux.

Le 5 janvier de l'an 1691, après-dîner, quatre carrosses étaient alignés dans la cour ; des mousquetaires attendaient pour former l'escorte, et nous, nous attendions pour faire une surprise à nos jeunes compagnes.

Notre maîtresse nous avait rassemblées dans la classe afin de donner les dernières consignes aux comédiennes :

— Ne pensez qu'à bien réciter votre texte, et lorsqu'une tirade vous oblige à vous tourner vers le public, portez toujours votre regard au-dessus des têtes de l'assistance. Dès que vous quittez la scène, restez avec le groupe sous la protection des mousquetaires. Ne vous éloignez jamais. Et si Sa Majesté vous fait l'honneur de vous approcher, faites-lui la révérence en gardant les yeux baissés.

Dès que Mlle du Pérou eut terminé sa tirade, nous sortîmes de dessous nos jupons les accessoires que nous avions portés dans *Esther*. Nous étions allées les quérir en grand secret la nuit précédente dans le coffre où ils étaient enfermés. Ainsi, elles furent parées de rubans, de bijoux, de plumes et de gants, et les exclamations de joie qu'elles poussèrent nous remplirent d'aise. Gertrude passa au cou d'Anne un collier de perles et lui souffla, visiblement émue :

— Cette parure vous rend encore plus belle.

Mlle du Pérou fronça les sourcils et, avant qu'elle ne proteste, Gertrude lui dit d'une voix suave :

— Madame a ordonné qu'elles jouent avec leurs habits ordinaires... ce qu'elles font. Elle n'a jamais dit qu'elle ne voulait point d'accessoires.

Mlle du Pérou soupira.

— Crémainville, vous n'avez pas votre pareille pour détourner les règles. Nous verrons bien ce qu'en pensera Madame. À présent, allons-y, il ne s'agirait pas d'arriver en retard à Versailles !

Encadrées de deux surveillantes, nous fûmes autorisées à accompagner la petite troupe jusque dans la cour. Mais lorsque les chevaux, les nasaux fumant dans la froidure, s'ébranlèrent, notre cœur se serra.

— L'année dernière, c'était nous qui partions pour Versailles, murmura Henriette.

— Oui, et j'aurais donné fort cher pour y retourner, déclara Gertrude.

— Moi, c'est admirer nos protégées sur scène qui m'aurait plu, dis-je.

— Et voir si elles sont aussi bonnes que nous et si Sa Majesté prend autant de plaisir à écouter *Athalie* qu'elle n'en a eu pour *Esther*, ajouta Olympe. Il me semble qu'elles sont plus timorées et qu'elles ne jouent pas avec autant de grandeur que nous.

— Oh, Olympe, vous péchez par orgueil ! protestai-je.

— Je ne le crois pas. Nous étions meilleures qu'elles, c'est tout.

— Anne a un côté fragile et tendre qui fait merveille dans la pièce, répliqua Gertrude.

Depuis que Gertrude avait fait travailler Anne, leur lien d'amitié s'était renforcé, et il semblait bien que la douceur de l'élève ait agi sur la pétulance de Gertrude.

— Le théâtre est terminé pour nous, soupira Éléonore, nous avons passé nos seize ans.

La tristesse s'empara de nous. Nous sentions toutes qu'un tournant de notre vie avait eu lieu, et je vis bien que mes compagnes le supportaient plus mal que moi.

Une surveillante frappa dans ses mains.

— Mettez-vous en rangs, mesdemoiselles, il est temps de regagner la chapelle pour les vêpres !

— Toutes ces messes, ces prières m'assomment... me souffla Olympe à l'oreille. Et quand je pense que, pendant ce temps-là, les autres déclament des vers de M. Racine... je vais en mourir de chagrin.

— Et en silence ! rappela la surveillante.

Olympe leva les yeux vers le ciel pour le prendre à témoin de sa souffrance. Sa mimique très... théâtrale nous fit sourire et éloigna pour quelques instants notre humeur chagrine.

Je compatissais avec mes amies, mais je n'étais point aussi triste qu'elles. Le théâtre n'avait été qu'un intermède pour moi, et la vie à la cour ne m'attirait pas. Mme de Caylus [1], qui nous en avait rapporté les potins et les intrigues, m'en avait dégoûtée. Contrairement aux autres, j'avais hâte d'entrer dans la classe bleue afin de devenir maîtresse.

Une seule ombre à ce tableau : Victoire.

Elle n'était toujours pas venue me rejoindre. Elle avait dix ans à présent et, dans deux ans, elle serait trop âgée pour être admise ici. Que se passait-il donc ? Nos parents avaient-ils décidé de ne pas l'envoyer à Saint-Cyr ? Et pourquoi ? Lorsque nous nous étions séparées, je lui avais promis que nous nous

1. Voir *Les Comédiennes de M. Racine*. Marguerite de Caylus, jeune nièce de Mme de Maintenon, avait joué un rôle dans *Esther* et était donc venue souvent à Saint-Cyr, où elle avait côtoyé les demoiselles de la maison.

reverrions bientôt... mais six ans s'étaient écoulés...
Dans les rares lettres que nous avions l'autorisation
d'adresser à notre famille, j'avais questionné ma
mère, la réponse avait toujours été la même : « Nous
faisons pour le mieux avec l'aide de Dieu. »

Les comédiennes regagnèrent le réfectoire juste
avant le souper. Nous vîmes à leurs sourires que tout
s'était bien déroulé, mais nous dûmes attendre la
nuit du dortoir pour en apprendre plus.

La représentation avait eu lieu dans un salon et, à
part le Roi, les princes et les princesses, personne,
parmi les courtisans, n'avait été autorisé à y assister.

— Quel dommage ! soupira Olympe. Au théâtre,
plus les spectateurs sont nombreux, plus ils vous
portent vers l'excellence de votre rôle.

— Est-ce que Sa Majesté a apprécié la pièce ?

— Elle a applaudi et a même poussé la gentillesse
jusqu'à venir nous dire : « Mesdemoiselles, votre
pureté fait merveille dans cette pièce toute à la
gloire de Dieu. »

— J'en étais si émue que j'ai failli tomber en
pâmoison, s'exclama Anne.

— Et qu'a dit Mme de Maintenon de vos parures ?
m'informai-je.

— Lorsque nous avons quitté la scène, elle a exigé
que nous les ôtions, et je crains bien que nous ne

puissions plus les porter si, par chance, nous rejouons la pièce.

— Et... avez-vous croisé quelques beaux gentils-hommes ? s'enquit Henriette.

— Nous en avons aperçu de fort loin. On les tenait à distance, et je le regrette car, je dois bien l'avouer, le grand amour vécu par Hortense me fait rêver, soupira Anne.

— Le grand amour n'existe pas ! riposta Gertrude. Les hommes s'intéressent à nous uniquement pour que nous assurions leur descendance.

Chacune donna son opinion sur le sujet. Il s'ensuivit une conversation houleuse que Gertrude réussit à interrompre :

— De grâce, arrêtons de nous chamailler ! J'ai accepté d'être punie pour défendre le théâtre et les comédiennes, il est hors de propos que je subisse un nouveau châtiment pour défendre des galants !

Cette boutade nous fit rire et ramena le calme parmi nous.

Quelques minutes plus tard, tout le dortoir dormait.

CHAPITRE

7

Nos protégées jouèrent plusieurs fois la pièce durant la période de carnaval, cependant les représentations n'avaient rien à voir avec le faste qui avait entouré *Esther*. Elles essayaient de cacher leur déception, mais nous la mesurions à leurs mines désolées et à leurs soupirs.

Mi-février, elles donnèrent la pièce dans la salle de classe des bleues illuminée de flambeaux et de chandelles pour la circonstance. Elles portaient leurs habits ordinaires et aucun bijou. Les chœurs n'étaient soutenus que par le clavecin du sieur Nivers.

Les comédiennes se consolèrent un peu lorsque, le 22 février, elles jouèrent devant le Roi et la Reine d'Angleterre, auxquels s'étaient joints plusieurs hauts personnages comme le père La Chaize, confesseur du Roi, et l'abbé de Fénelon.

— Puisque les gens d'Église viennent nous applaudir, c'est que le théâtre n'est point si dangereux pour nous, remarqua Olympe à la fin du spectacle.

— Croyez-vous que ce soit bon signe et que Madame va à nouveau nous autoriser à lire de la poésie et à jouer d'autres pièces ?

— Je ne crois pas. M. Godet des Marais a décliné l'invitation et donne en ce moment même une conférence aux dames de notre maison pour dénoncer l'état déplorable de la chrétienté, annonça Henriette.

— Décidément, depuis qu'il s'occupe de notre maison, tout va de travers ! se lamenta Olympe.

— Oh, oui... Et depuis que ce sont des prêtres lazaristes qui nous confessent, j'ai chaque fois l'impression que je suis vouée à l'enfer parce que je frise mes cheveux ! se désola Éléonore.

Cette conversation, que nous menions à voix basse, fut interrompue par notre maîtresse, qui, après nous avoir rappelé une nouvelle fois la règle du silence, nous accompagna dans notre classe.

— La récréation est terminée, mesdemoiselles, nous dit-elle, reprenez votre broderie pendant que je vous lirai un passage de l'Évangile.

Nous nous lançâmes un regard interrogateur. Nos heures d'études consistaient de plus en plus en travaux d'aiguille et en lectures saintes, et nous n'abordions plus la géographie, l'histoire et la science, des matières qui me passionnaient. Il y a quelques semaines, Mlle du Pérou nous avait dressé le portrait de l'empereur César, et nous attendions la suite de sa vie et de ses conquêtes avec impatience. J'osai donc demander à notre maîtresse pourquoi elle n'en poursuivait pas le récit.

— J'ai reçu l'ordre de ne plus vous instruire sur l'Antiquité, une période impie où les peuples vaniteux et perfides adoraient plusieurs dieux. Il n'y aura plus non plus de leçons de philosophie, ni de poésie.

— Mais alors, qu'allons-nous apprendre ?

Mlle du Pérou semblait de plus en plus mal à l'aise et elle récita d'une traite ce qu'on lui avait dit, mais au ton de sa voix, nous sentions bien qu'elle ne partageait pas cette nouvelle façon de concevoir l'enseignement.

— Nous vous apprendrons à devenir des demoiselles obéissantes, pieuses et humbles, sachant tenir une maison. M. l'abbé Godet des Marais nous a convaincues que nous vous entraînions vers l'enfer. Madame a donc décidé de vous ramener dans le droit chemin. Dès ce soir, nous allons retirer tous les livres de vos coffres.

— Les fables de M. de La Fontaine aussi ? m'étonnai-je.

— Oui, les vers sont contraires à l'expression humble que nous devons vous inculquer.

— Nous n'avions déjà pas de romans... mais la poésie, tout de même, dis-je.

— Les romans, parce qu'ils parlent de vices et de passions, sont des livres mauvais, récita Mlle du Pérou.

— Mais que lirons-nous ?

— Vos livres de prières. Et quelques vies de saintes que nous choisirons pour vous.

— Mais nous allons périr d'ennui ! s'indigna Gertrude.

— Je vais en informer mes parents, annonça Jeanne. Ils seront fort déçus que notre enseignement soit si limité et peut-être me reprendront-ils avec eux.

— À propos de courrier, celui que vous gardez dans vos coffres vous sera ôté. Vous ne devrez plus échanger de lettres entre vous, et les lettres de vos familles vous seront retirées lorsque vous les aurez lues afin que vous ne perdiez point de temps à les relire au lieu de vous consacrer à la prière.

Jeanne de Montesquiou fondit en larmes. Elle avait du mal à s'intégrer à Saint-Cyr. Ses parents n'étaient jamais venus la visiter, mais lorsqu'elle recevait, quatre ou cinq fois par an, une lettre, elle en était transformée. Souventes fois le soir, je l'ai vue s'endormir en serrant contre elle le précieux courrier.

Je lui entourai les épaules de mon bras, mais la maîtresse me reprit :

— À l'avenir aussi, vous devez éviter toute manifestation de vos sentiments envers vos compagnes. Vos gestes d'amour ne doivent être que pour Dieu.

Nous nous regardions, de plus en plus stupéfaites.

— Je termine en vous informant que Madame a décidé que vous n'aurez plus de poudre pour vos cheveux, que vous ne pourrez plus les friser, ni utiliser de parfum ou de mouches. Les rubans seront supprimés, et vos habits ne seront pas renouvelés tant qu'ils ne seront point usés, afin que vous appreniez la simplicité.

Alors là, il sembla que le ciel nous tombait sur la tête !

Nous étions arrivées à Saint-Cyr, pauvres et misérables, et Madame nous avait donné le goût de la propreté et du raffinement pour nous en interdire maintenant l'usage ! C'était à n'y plus rien comprendre ! Pourquoi ce qui avait été bon pour nous depuis plusieurs années ne l'était-il plus ? Et sans livres, sans pouvoir écrire ni réciter des vers, que nous resterait-il pour occuper nos journées, pour rêver, pour nous évader mentalement des murs de Saint-Cyr ?

Rien.

Je m'étais toujours bien entendue avec notre maîtresse, et il me parut impossible qu'elle approuvât un tel changement. Un changement qui faisait de nous des prisonnières de la religion et non plus des pensionnaires d'une maison d'éducation.

— Et vous, mademoiselle, que pensez-vous de tout cela ? lui demandai-je.

— Je ne pense rien, Marsanne, j'obéis à la nouvelle règle parce que l'on m'a assuré que c'était pour votre bien à toutes. Et pour votre salut, je vous conseille d'adopter cette solution : ne pas penser. Se soumettre et obéir.

Quelques jours plus tard, les maîtresses et les surveillantes vinrent vider nos coffres de nos livres et de notre courrier. Certaines avaient caché des ouvrages et des lettres sous leur matelas. Mais rien n'échappa à la fouille méthodique du dortoir. Jeanne pleura en s'accrochant au paquet de lettres de ses parents sans parvenir à attendrir la surveillante, qui s'empara de son trésor et le fourra dans un grand sac où nos livres, nos cahiers de poésies ou d'essais disparurent aussi. Les lettres de Victoire me furent arrachées, et cela me broya le cœur.

On ne frisa plus nos cheveux, on ne les poudra plus. On ôta tous les rubans de nos robes. On ne lut plus de poésie, on ne joua plus de théâtre, on n'interpréta plus de chants profanes, on n'apprit plus la danse.

Les plus pessimistes d'entre nous affirmaient que notre maison allait devenir un couvent religieux et que d'ici peu on nous obligerait à prononcer nos vœux et à porter l'habit.

Les optimistes disaient que cette rigueur ne durerait pas. Que Madame s'était laissé impressionner par l'abbé Godet des Marais, mais que le Roi, lui, ne voulait pas que Saint-Cyr devînt un couvent de femmes, car il avait les couvents en horreur.

Moi, j'étais tellement désemparée, qu'un jour je cédais à l'optimisme, le lendemain je sombrais dans le pessimisme le plus noir.

La période de carnaval terminée, toutes les jaunes qui avaient dix-sept ans entrèrent dans la classe bleue. J'en étais.

Ce fut un moment difficile. Nous quittions Mlle du Pérou, notre maîtresse depuis deux ans, nous quittions nos camarades plus jeunes, notre salle de classe et aussi notre dortoir. Nous faisions un pas de plus vers l'inconnu. Habituellement, le changement de classe donnait lieu à une petite fête. Mme de Maintenon remettait les rubans bleus à coudre sur nos robes au cours d'une cérémonie qui se poursuivait par la bénédiction de la nouvelle promotion de « bleues », puis par des chants et quelques saynètes préparées pour la circonstance.

Cette fois, Mme de Maintenon nous remit un seul ruban destiné à nous différencier des autres classes. En même temps qu'elle nous fit un discours d'où il ressortait que nous franchissions la dernière marche pour devenir de bonnes religieuses.

Cela nous glaça. Et il n'y eut point de fête.

La classe bleue était dirigée par Mme de Crécy. Dès le premier jour, elle nous montra qu'elle ne tolérerait aucun manquement au règlement et que la prière passait avant toute chose. Elle ne nous fut pas sympathique.

Le soir, nous nous asseyions sur le lit d'Olympe pour bavarder. Ces échanges nous étaient devenus indispensables. Les plus sensibles pleuraient, les plus rebelles tempêtaient, les plus calmes se soumettaient.

J'avais eu de la peine à me séparer de Rosalie, mais celle qui souffrit le plus de quitter sa protégée fut Gertrude. Cela nous étonna, car elle avait un caractère bien trempé et nous semblait la moins sentimentale de nous toutes. Cependant, une amitié très forte était née entre elles deux. Ne pouvant s'apercevoir qu'aux récréations, et encore, sans pouvoir s'approcher puisqu'elles n'étaient plus dans la même classe, elles prirent l'habitude de s'écrire. Elles se faisaient passer leurs billets, chaque jour, en se frôlant dans la cour, ce qui était risqué. Mais ce risque partagé augmentait encore leur amitié. Gertrude prétendait même qu'elle prendrait le voile si Anne le prenait.

Plusieurs fois, nos bavardages réveillèrent quelques anciennes bleues, qui nous firent la morale, mais elles ne poussèrent jamais la méchanceté jusqu'à nous dénoncer. Je parierais même que les surveillantes étaient au courant de nos conciliabules (il est impossible qu'elles n'eussent point entendu nos discussions parfois sonores), mais que conscientes de notre détresse elles n'intervenaient point.

Il me semble que je fus de celles qui souffrirent le plus, car je n'arrivais pas à choisir mon camp. Jusqu'à ce bouleversement, j'avais toujours pris le parti de Mme de Maintenon.

Maintenant, le but de ma vie était remis en cause, car si la rigueur de l'existence monacale m'effrayait, je ne me voyais pas quitter cette maison en abandonnant mon rêve. Je me résignai donc à devenir religieuse. Certaines de mes camarades, ne me comprenant pas, cherchaient à me persuader qu'il fallait accepter d'épouser le premier venu pour sortir d'ici ou demander à nos parents de nous reprendre, ou encore fuir à l'aventure. L'enfermement leur paraissant la pire des solutions.

J'avoue que mon cœur était en balance.

CHAPITRE

8

Le printemps pointa son nez.

Après les difficiles transformations de notre maison, auxquelles s'était ajouté un hiver particulièrement rigoureux qui avait conduit plusieurs de mes compagnes à l'infirmerie, les rayons de soleil traversant les vitres pour réchauffer nos salles de classes nous apparurent comme des messagers de bonheur. Nous supportâmes mieux les nouvelles règles, peut-être parce que nous n'avions plus à souffrir du froid glacial du dortoir, de l'enfermement obligatoire pendant les récréations, et des engelures qui blessaient nos pieds pendant les heures de prière à la chapelle.

La lumière, l'air plus doux, les feuilles qui pointaient aux arbres, tout ce renouveau contribua à atténuer nos angoisses.

Au plus dur de l'hiver, Mme de Maintenon avait choisi quelques bleues pour l'accompagner à des œuvres de charité.

J'avais eu l'honneur d'en être.

Madame avait fait préparer un grand chaudron d'une soupe épaisse et odorante. Elle la fit charger sur une carriole, et nous allâmes jusqu'au village de Villepreux pour la distribuer à des miséreux. C'était une vision inoubliable que celle de Madame, enveloppée dans sa mante brune, en train de servir elle-même des femmes en haillons et des enfants couverts de vermine et à demi nus malgré la froidure. Je la secondai de mon mieux. Éléonore et Jeanne, qui étaient avec nous, distribuaient du pain.

À un moment, une fillette maigre, le visage creux, les cheveux filasse, s'accrocha au bas de ma robe. Elle n'avait sur le corps qu'une méchante jupe trouée et un caraco de lin sale. Elle grelottait. J'eus honte soudain de m'être plainte de la rigueur de Saint-Cyr quand j'avais sous les yeux l'expression même de la misère. J'ôtai ma cape et je l'en enveloppai. Elle y disparut entièrement, tant elle était petite et frêle. À mon grand étonnement, elle éclata d'un rire espiègle.

— Vrai, demoiselle, il y a du tissu pour dix !

— Eh bien, votre mère pourra vous tailler des jupes et des mantes, lui répondis-je.

— Je n'ai plus de mère, et c'est moi qui m'occupe de mes deux sœurs.

Je découvris alors, non loin d'elle, deux gamines. L'une devait avoir cinq ou six ans, et l'autre, que la petite serrait contre elle, n'avait que quelques mois.

J'aurais voulu les prendre dans mes bras, les emmener à Saint-Cyr, les loger, les réchauffer, les nourrir, les protéger...

— Dieu, que de misères sur ce bas monde ! murmura Mme de Maintenon. Nous prierons toutes ce soir pour que le seigneur vienne en aide à ces pauvres gens.

J'acquiesçai d'un hochement de tête.

Cependant, une évidence m'apparut. Si Mme de Maintenon avait choisi d'instruire les demoiselles de la noblesse, je me sentis brusquement investie d'une mission : celle d'instruire les filles du peuple. Elles manquaient de tout, sauf de la joie de vivre. C'était la leçon à retirer de cette journée.

Nous appréciions beaucoup de pouvoir à nouveau sortir dans le parc, et même si le bavardage nous était interdit, nous utilisions avec succès quelques ruses pour échapper à la surveillance de notre maîtresse. Gertrude y réussissait fort bien. Tromper la revêche Mme de Crécy était un de ses jeux favoris.

Nous étions en train de jouer au croquet lorsqu'un

carrosse entra dans la cour. Des sœurs converses[1] accoururent. Nous avions l'habitude. Une fois par mois environ, une voiture s'arrêtait devant le perron pour décharger sa cargaison de fillettes.

— Tiens, encore une fournée de petites nouvelles ! s'exclama Éléonore, son maillet à la main.

— Les pauvres, elles ne savent pas ce qui les attend ! les plaignit Gertrude.

— Tu exagères, nous ne sommes pas aux galères ! lui reprochai-je.

— Presque. Nous sommes enchaînées à Saint-Cyr comme les galériens sur leur banc.

Je haussai les épaules. Gertrude m'agaçait parfois, et pour lui montrer que je ne partageais pas son opinion je me détournai du jeu pour observer les fillettes qui s'avançaient vers l'entrée. Il y en avait huit. Elles devaient être bien perdues et bien tristes de se retrouver si loin de leur famille. S'il y en avait une venant du Languedoc, la mère supérieure me choisirait peut-être pour lui enseigner le français, comme je l'avais fait pour Gabrielle et Rose-Blanche[2]. Celle qui fermait la marche se retournait souvent et paraissait chercher quelqu'un du regard.

— En voilà une qui n'est pas pressée de se laisser enfermer, commenta Gertrude.

Je l'observai... il me sembla soudain que... Je lâchai le maillet et m'approchai.

— Marsanne ! m'appela notre maîtresse.

1. Religieuses chargées des travaux manuels.
2. Voir *Les Comédiennes de M. Racine.*

À mon nom, la fillette marqua un temps d'arrêt puis se précipita à ma rencontre. J'eus juste le temps de lui ouvrir les bras, elle s'y jeta en pleurant.

— Victoire ! Victoire ! balbutiai-je en refoulant mes larmes. Vous ici, enfin !

— Isa... beau ! Je suis si heureuse de vous voir ! balbutia-t-elle mi en français, mi en provençal.

Ouïr l'accent de ma région ajouta à mon trouble. J'avais cru l'avoir oublié depuis sept ans, et brusquement le mistral, les cigales, le soleil entrèrent en fanfare dans ma tête. J'eus comme un éblouissement de bonheur. Je berçai ma sœur contre moi en murmurant :

— Victoire ! Dieu soit loué ! Vous voilà enfin !

Mes compagnes s'étaient groupées autour de nous pour apercevoir la sœur dont je leur avais tant parlé. Ne voulant pas montrer sa faiblesse, Victoire s'essuya les yeux avec la manche de sa chemise et me dit en s'appliquant à parler en français :

— Le temps a été fort long sans vous... et la route aussi... j'ai pensé que je n'arriverais jamais.

J'avais mille questions à lui poser, mais pour l'heure, aucune ne me venait à l'esprit. Je la dévisageais en caressant ses cheveux. Certes, elle avait grandi, elle s'était affinée, mais elle avait les mêmes yeux noirs bordés de longs cils bruns. Ses joues étaient un peu moins rondes, mais sa peau avait ce teint hâlé qui déplaît si fort aux gens de la cour et qui me faisait penser qu'elle avait dû jouer dehors sous le vent et le soleil à courir avec les chiens et à patauger dans la rivière comme je l'avais fait moi-même à son âge.

Une surveillante vint lui prendre la main et la gronda :

— Venez ! N'importunez point ces demoiselles.

— Celle-ci est ma sœur Isabeau, lui répondit-elle en s'accrochant à ma jupe, et je veux rester avec elle.

— Cela ne se peut. Les classes ne se mélangent pas. Les petites vont dans la classe rouge, et votre sœur est dans la classe bleue.

Les yeux de ma sœur s'embuèrent à nouveau de larmes. Je la rassurai.

— Rejoignez votre classe. Je demanderai l'autorisation de venir vous parler pendant la récréation.

Je lui baisai le front, et elle s'éloigna.

— Qu'elle est mignonne ! s'exclama Éléonore.

— Vous vous ressemblez beaucoup, ajouta Henriette.

— Elle n'arrive pas au bon moment, grogna Gertrude, et il aurait peut-être mieux valu qu'elle ne vienne pas.

Je m'emportai presque :

— Si elle est là, c'est que mes parents n'ont pas eu d'autre solution pour qu'elle soit instruite, logée et nourrie ! Oubliez-vous, ma chère, que nous sommes là par charité royale ! Si nos parents ne s'étaient pas ruinés en servant Sa Majesté, nous aurions toutes eu une belle dot qui nous aurait permis le mariage ! Alors je vous saurais gré de ne pas juger l'attitude de nos parents et de cesser de critiquer la maison qui nous héberge !

Un silence étonné accueillit ma diatribe[1]. Il était rare que je me fâche, mais là, l'émotion d'avoir retrouvé Victoire m'avait mis les nerfs à vif... Et puis Gertrude n'avait pas tout à fait tort. J'aurais préféré que ma sœur connût le Saint-Cyr d'avant les nouvelles règles.

Jeanne détourna habilement la conversation :

— Votre sœur vous a-t-elle donné des nouvelles de votre famille ?

— Pas encore, répondis-je en m'efforçant au calme, mais j'ai grande hâte qu'elle le fasse. Il y a longtemps que je n'ai pas reçu de courrier.

— Excusez-moi, Isabeau, je ne voulais pas vous blesser, me dit Gertrude.

— À mon tour, je vous demande pardon de m'être emportée.

— Eh bien, n'en parlons plus ! lança Henriette. Et allons nous ranger pour monter dans notre classe. La cloche vient de sonner la fin de la récréation, et il est inutile d'attirer sur nous les foudres de Mme de Crécy !

Savoir Victoire si proche de moi et ne pas pouvoir lui parler, l'embrasser, la réconforter fut une épreuve. Je ne parvins pas à me concentrer sur mon

1. Critique amère, attaque verbale.

ouvrage. Je me piquai le doigt, faisant naître une goutte de sang que je suçai pour éviter de tacher l'étoffe, et je n'écoutai rien de la vie de sainte Jeanne d'Arc, que je connaissais d'ailleurs par cœur. J'imaginais le désarroi de ma jeune sœur, qui devait être identique à celui que j'avais éprouvé en arrivant à Saint-Cyr, sept ans plus tôt.

Lorsque la cloche sonna pour le souper, je sollicitai un entretien avec la mère supérieure.

— Je sais ce qui vous amène, me dit-elle dès que je pénétrai dans son bureau. Vous voulez vous occuper de votre sœur, c'est cela ?

— Oui, ma mère.

— Je n'y vois aucun inconvénient.

Je m'étais si fort attendue à toutes sortes de difficultés que je souris en bredouillant :

— Je... je vous remercie.

— Si notre règle s'est durcie, cela n'empêche pas l'humanité, et il est normal que vous aidiez votre sœur à s'intégrer dans notre maison. Vous avez si bien réussi avec la petite Peyrolles. Vous veillerez cependant à respecter la règle du silence en dehors des récréations. Mais je sais que vous êtes de celles qui la respectent le mieux.

J'inclinai la tête.

— Je suis satisfaite de vous, Marsanne, reprit-elle, et Mme de Maintenon aussi. Nous pensons que d'ici deux ans vous pourrez entrer en noviciat afin de devenir une excellente maîtresse. C'est ce que vous souhaitez, n'est-ce pas ?

— Oui, madame. C'est le but de ma vie.

— Eh bien, nous ne doutons pas que vous l'atteigniez et que vous donniez le bon exemple à votre sœur. Ainsi nous n'aurons qu'à nous louer de l'avoir acceptée parmi nous.

En me raccompagnant jusqu'à la porte de son bureau, la mère supérieure ajouta :

— Pendant la récréation du soir, vous pourrez exceptionnellement parler avec votre sœur. Et je compte sur vous pour lui apprendre le français. Les nouvelles donnent souvent du fil à retordre à leur maîtresse et votre aide ne sera pas de trop.

Je remerciai encore une fois et je courus au réfectoire où mes camarades venaient de s'installer. Nous récitâmes debout le bénédicité, puis nous nous assîmes pour prendre notre repas. J'adressai un signe discret à Victoire, que j'aperçus dans l'espace réservé à la classe rouge. Elle me répondit d'un petit air chiffonné. Elle avait besoin d'encouragement, et j'avais hâte de pouvoir la serrer dans mes bras.

Comme il avait fait une belle journée et que la nuit d'avril n'était point encore tombée, nous fûmes autorisées à nous promener dans le parc. Mme de Maintenon pensait qu'un peu d'exercice était profitable à notre santé, et elle nous encourageait toujours à la marche après les repas. Dès que notre rang s'égailla dans le jardin, je me dirigeai vers celui des petites rouges, que Victoire n'osait pas quitter. Leur maîtresse avait déjà dû leur expliquer les règles de notre maison.

— La mère supérieure m'a autorisée à parler quelques instants avec ma sœur, lui dis-je.

— Je suis au courant. Je vous accorde dix minutes.

C'était bien peu quand nous avions plusieurs années à nous conter.

Prenant la main de ma sœur, nous nous éloignâmes vers un cabinet de verdure[1] où je savais que nous serions tranquilles. Je la serrai tout à loisir dans mes bras, m'étonnant d'avoir quitté un enfançon et de retrouver une fillette si gracieuse. Nous restâmes quelques instants enlacées, silencieuses, juste pour savourer le bonheur d'être ensemble.

Tout à coup, comme si elle avait besoin d'évacuer des visions d'horreur trop longtemps gardées sous silence, Victoire se mit à parler, mélangeant français et langue d'oc :

— Ah, Isabeau, si vous aviez vu, cet hiver... tous ces gens qui sont morts de froid et de faim sur nos terres ! Père essayait de trouver du pain... Il n'y en avait plus nulle part... Les paysans se nourrissaient de racines ou d'herbes... comme des bêtes... et ceux

1. Petite construction abritée par un toit de verdure (tonnelle).

qui ne mouraient pas de faim mouraient de fièvre pourpre [1] ou de froid. Tout était gelé.

— Seigneur ! Nous n'avons pas su tout cela ! Ici, nous n'avons manqué de rien...

— Nous nous en sommes doutés, et cela nous réconfortait... Pour nous aussi cela fut difficile.

Elle hésita avant de poursuivre :

— Mère en est tombée malade.

— Gravement ? m'inquiétai-je.

— Oui. Depuis votre départ, une sorte de maladie de langueur l'avait saisie. Je la soignais de mon mieux. C'est pour cela que je ne suis pas venue plus tôt. Je ne pouvais l'abandonner. Le froid de l'hiver et la douleur de voir mourir nos gens a accentué le mal et...

Je poussai un cri :

— Est-elle... morte ?

— Non point. Nos prières ajoutées aux médecines administrées par notre vieille Naïs l'ont sauvée. Sa santé s'est méliorée [2], c'est pourquoi je suis avec vous.

Je soupirai de soulagement. Je me remémorai le bon visage de la nourrice qui nous avait élevées et qui avait toujours refusé que l'on nous saigne, préférant faire baisser la fièvre avec des décoctions de plantes qu'elle allait cueillir dans les collines.

— Et père, comment va-t-il ?

— Aussi bien que les épreuves qu'il traverse le lui permettent. La moitié de nos paysans sont morts, les oliviers ont gelé, le grain ne lève pas, et cet été s'il n'y

1. Autre nom du typhus, maladie infectieuse extrêmement contagieuse.
2. Ancienne forme d'« améliorer ».

a pas de récoltes, la famine décimera les survivants du froid. Il m'a poussée à quitter notre maison pour me protéger. « Qu'au moins, je sauve mes filles », a-t-il déclaré.

— Mais pourquoi ne m'avoir rien dit ?

— C'est qu'il n'aurait servi à rien de vous alarmer. Père a préféré ne point vous écrire pour ne pas vous mentir, et mère était si faible qu'elle ne pouvait le faire.

— Il est vrai qu'ici nous vivons loin de toutes les misères du monde... mais je me demande ce jour d'hui [1] si c'est un si grand privilège. Jamais plus je ne pourrai croquer dans une talmouse [2] sans remords.

— Une talmouse ?

— C'est une pâtisserie que l'on nous sert parfois et dont je suis très friande. Cela ressemble un peu aux fougasses de chez nous. En tout cas, ma chère Victoire, ici vous mangerez à votre faim, vous serez vêtue proprement, et les maîtresses assureront votre instruction.

— J'en suis bien aise, mais... le règlement me semble par trop sévère, et si l'on ne peut pas bavarder, j'en mourrai !

Je souris à cet aveu. Victoire était bavarde. Notre mère le lui avait souvent reproché. Je la rassurai :

— On s'y habitue, et je serai là pour vous aider. J'ai d'ailleurs obtenu que ce soit moi qui vous enseigne le français.

Elle se jeta à mon cou.

1. Ancienne forme d'« aujourd'hui ».
2. Petite pâtisserie salée au fromage blanc portant aussi le nom de « casse-museau ».

— Alors tant mieux ! Je suis si heureuse d'être à nouveau avec vous !

Je l'éloignai doucement de moi et lui expliquai :

— À l'avenir, il ne faut point que nous nous enlacions en public. À Saint-Cyr, il est interdit de montrer ses sentiments.

— Oh, soupira-t-elle, ce sera dur, je le sens !

— Peut-être, mais c'est au prix de ces quelques sacrifices que vous deviendrez une demoiselle en tout point parfaite, prête pour le mariage ou pour entrer au service de Dieu.

— Et vous, que voulez-vous faire ? Moi, je ferai tout comme vous.

— Mon rêve est de devenir maîtresse, car j'aime apprendre aux jeunes enfants.

— Alors, je le serai aussi.

Je lui baisai le front avant de lui dire :

— Rejoignez votre classe à présent. Soyez sage et travaillez bien.

Tandis qu'elle s'éloignait, petite silhouette fragile et légère, une vague de joie me submergea. Il me parut que rien de fâcheux ne pourrait plus m'affecter puisque Victoire était enfin avec moi.

CHAPITRE

9

L'incident qui déstabilisa notre maison eut lieu un après-dîner de mai.

Il faisait beau, et nous étions en récréation dans le parc.

Je venais de donner à Victoire sa leçon de français quotidienne. C'était une excellente élève. Bientôt, elle n'aurait plus besoin de mes leçons particulières. Ce serait la fin de notre heure de complicité journalière. Nous allions en souffrir toutes les deux. Cependant, en y réfléchissant, il me sembla que depuis quelque temps, elle manquait de concentration. Il arrivait parfois qu'elle ait complètement oublié certaines règles de français qu'elle connaissait parfaitement bien la semaine précédente. Victoire avait dû procéder à la même analyse que moi, et la futée avait décidé de retarder notre séparation en retardant ses progrès !

Je la regardais jouer au mouchoir avec ses camarades et je l'entendais rire. Elle s'était habituée à la rigueur du règlement, et sa joie de vivre me faisait plaisir.

J'allai me joindre à Olympe et Éléonore, qui devisaient[1] dans une allée. Je croisai Gertrude en train de glisser un billet dans la main d'Anne de Castillon. Je fis celle qui ne voyait rien.

— Mais enfin, lui avions-nous demandé une nuit, que pouvez-vous bien vous conter ?

— Tout et rien, nous avait-elle répondu.

— Ce n'est pas grand-chose, avait ironisé Henriette.

— Vous ne pouvez pas comprendre.

— Si vous nous expliquiez, au moins, lui dis-je.

— Eh bien, c'est un peu comme vous avec votre sœur. Nous avons besoin l'une de l'autre. Et depuis que nous avons travaillé *Athalie* ensemble, nous sommes devenues inséparables... et justement, on nous a séparées puisque je suis passée en classe bleue alors qu'elle est encore avec les jaunes. C'est si dur... sans ces lettres, nous mourrions !

— Vous exagérez, Gertrude. On ne meurt pas d'une amitié contrariée ! assura Henriette.

— On meurt bien d'amour ! répliqua Gertrude.

1. Bavarder.

Cette repartie tomba dans un silence lourd. Que voulait dire Gertrude ? Nous n'osâmes pas la questionner plus avant, tant elle nous sembla elle-même désorientée.

Tout à coup, Mme de Crécy fut devant Gertrude.

— Crémainville, ouvrez votre main ! lui commanda-t-elle en la toisant.

Gertrude s'exécuta. Sa main était vide. Mécontente de s'être trompée, Mme de Crécy m'ordonna alors :

— Marsanne, ouvrez votre main !

J'obéis, mais j'étais blessée qu'elle pût me soupçonner.

Le visage de Mme de Crécy vira au rouge. Visiblement, elle ne supportait pas sa défaite. En trois enjambées, elle rattrapa Anne, qui s'était éloignée, et, lui empoignant le bras, elle vociféra :

— Alors, c'est vous la coupable, Castillon !

L'attitude de Mme de Crécy nous surprit. Habituellement, les maîtresses de Saint-Cyr ne laissaient jamais voir ni impatience, ni colère, ni mépris, pas plus d'ailleurs que leur joie ou leur satisfaction, surtout depuis que le règlement était devenu plus strict.

— Ouvrez la main ! reprit la maîtresse en la secouant.

La jeune fille était pâle. Elle lança un regard paniqué à Gertrude, mais lorsqu'elle ouvrit la main, elle était vide.

J'entendis le soupir de soulagement de Gertrude à mon côté.

— Croyez-vous que vous allez me berner de la sorte ! s'emporta Mme de Crécy. Voici plusieurs semaines que je vous surveille. Je sais que vous échangez des billets avec Crémainville.

Les jeux, les bavardages s'étaient arrêtés, et tous les regards s'étaient tournés vers le lieu de l'altercation.

— Mais, madame... je... bredouilla Anne.

— Taisez-vous ! Suivez-moi dans mon bureau ! Il est inutile de donner aux autres le triste spectacle de votre désobéissance.

— Anne n'est point coupable ! intervint Gertrude. C'est moi et uniquement moi qui lui transmettais des billets.

— Ah, enfin, vous avouez ! Venez, nous allons régler cette affaire.

Nous suivîmes des yeux nos camarades, atterrées que l'échange d'un billet pût donner lieu à une réprimande aussi sévère. Nous n'avions plus ni envie de jouer, ni envie de bavarder. D'ailleurs, les maîtresses frappèrent dans leurs mains pour que nous nous rangions alors que le temps imparti à la récréation n'était pas terminé. Victoire m'adressa un regard inquiet. Elle devait craindre que le gentil bavardage auquel nous nous livrions pendant sa leçon fût lui aussi sanctionné. Je n'étais pas trop rassurée, mais je la réconfortai d'un sourire pour ne pas l'angoisser.

Nous montâmes dans notre classe et, en l'absence de Mme de Crécy, nous nous attelâmes à nos ouvrages sous la direction des chefs de bande. J'avais été chef de bande dans la classe jaune, mais j'étais trop nouvelle dans la classe bleue pour avoir cette responsabilité. J'espérais cependant pouvoir me distinguer rapidement afin de le devenir prochainement. Comme le voulait le règlement, Éléonore nous lut d'une voix monocorde un passage de la Bible pour occuper nos esprits. Elle n'y réussit pas, car nous ne pensions qu'à nos deux camarades.

Enfin, Mme de Crécy revint dans notre salle. Seule.

Où était Gertrude ? Quelle punition subissait-elle ? Allait-elle être chassée de notre maison pour si peu ?

Mme de Crécy, qui avait recouvré son calme, nous dit simplement :

— Je vous rappelle, mesdemoiselles, que vous n'avez pas le droit d'échanger de lettres entre vous.

Ce fut tout.

Pas un mot sur Gertrude et Anne.

Nous ne les vîmes pas à vêpres, ni au souper, ni à la récréation du soir. Mais il nous fut impossible de bavarder entre nous, car la récréation fut consacrée à nous apprendre un nouveau chant qui réclama toute notre attention.

Je craignis un instant qu'elles eussent quitté notre

maison sans même avoir eu le droit de nous dire adieu.

Je fus donc soulagée de trouver Gertrude, assise sur son lit, lorsque nous pénétrâmes dans le dortoir. Mais comme nous allions nous précipiter vers elle pour la questionner, la surveillante nous arrêta :

— Mesdemoiselles, les bavardages sont interdits. Vous devez ignorer votre camarade, qui a désobéi. Mettez vos tenues de nuit, vos bonnets, et couchez-vous en silence.

Nous jouâmes à la perfection les jeunes filles sages. Nous nous étendîmes sur nos lits. La surveillante vint souffler les bougies. Elle nous souhaita une bonne nuit et pénétra dans le box, où elle se coucha après avoir tiré les rideaux de son lit.

Lorsqu'elle ronfla, celles qui étaient de nos amies se levèrent et regagnèrent le lit de Gertrude.

— Alors ? lui demandai-je, au comble de l'impatience.

— Crécy est un monstre !

— Oh ! souffla Jeanne, indignée. Comment pouvez-vous ?....

Gertrude posa sur la gentille Jeanne un regard dur et reprit :

— Parfaitement. Un monstre. Elle a exigé qu'Anne lui remette tous les billets que je lui avais écrits et elle les a lus à haute voix. Elle s'est moquée de notre amitié... elle l'a jugée coupable.

— Comment cela? s'étonna Olympe.

— Elle a vu dans notre amitié quelque chose d'impur... Comme si... comme si...

Gertrude ne termina pas sa phrase, tant l'horreur de cette accusation l'avait choquée.

— La pauvre Anne était si mortifiée d'être accusée d'une telle ignominie qu'elle en a perdu connaissance. J'ai voulu la porter à l'infirmerie. On m'a interdit de la toucher.

— Oh! ce n'est pas Dieu possible! dit Jeanne.

— Si. En quelques instants, j'étais devenue Satan en personne!

— N'avez-vous pas pu vous défendre?

— J'ai essayé. Mme de Crécy m'a alors accusée d'avoir une mauvaise influence sur Anne et de vouloir la détourner de sa vocation religieuse. Il paraît que depuis que j'ai joué dans *Esther* je suis devenue insolente et irrespectueuse et que j'entraîne Anne et les autres sur la pente du mal.

Nous étions muettes devant une telle avalanche de griefs. Certes, Gertrude n'avait pas un bon caractère, mais elle n'avait pas un mauvais fond.

— Mme de Crécy fera un rapport à Mme de Maintenon dès qu'elle sera de retour à Versailles, poursuivit-elle.

— Madame est juste. Elle vous écoutera et vous comprendra, n'en doutez pas, lui dis-je.

— Madame « était » juste, car depuis qu'elle a mis

notre maison entre les mains du nouvel évêque de Chartres, elle se laisse diriger par cet homme qui voit le mal partout.

Ce n'était pas faux, et je ne trouvai rien à ajouter.

— Je crains que la sentence soit l'exclusion de cette maison, reprit Gertrude. Pour moi, cela me convient car j'avoue ne plus pouvoir supporter l'ambiance étouffante qui y règne... mais pour Anne, ce sera terrible. Elle n'a plus de famille, elle n'aura pas un sou et sera obligée de mendier son pain dans les rues... et l'imaginer me rend folle.

Je tâchai d'apaiser un peu sa douleur.

— Cela ne sert à rien de vous mettre martel en tête pour l'instant. Attendez votre entretien avec Madame. Peut-être vous pardonnera-t-elle, si vous promettez de ne plus recommencer.

— Peut-être... ou peut-être pas, me répondit-elle d'une voix où je perçus une grande détresse.

CHAPITRE

10

De ce jour, nous guettâmes l'arrivée de Mme de Maintenon.

Gertrude était métamorphosée par l'angoisse. Elle dormait mal, ne mangeait plus et répétait constamment :

— Si Anne est chassée de notre maison, elle en mourra !

Comme elle, il nous semblait bien injuste d'être si sévèrement puni pour une si petite faute... qui à nos yeux n'en était même pas une.

Soudain, Gertrude changea d'attitude. De rebelle, elle devint soumise et se proposa pour effectuer des tâches qui l'avaient toujours rebutée. Ainsi, lorsque la sœur infirmière sollicita l'aide de quelques bleues pour distraire les petites malades qu'une épidémie d'amygdalites aiguës clouait au lit, elle se porta volontaire. Je le fus aussi. Pour moi, c'était un devoir agréable, mais je savais que Gertrude détestait l'atmosphère de l'infirmerie.

En vérité, elle ne se montra pas très empressée pour lire des contes aux fillettes et passa beaucoup de temps avec Mme d'Hozier, l'apothicairesse [1].

Comme je m'en étonnais, elle me répondit :

— Les plantes qui soignent m'intéressent.

— Il est vrai que la sœur qui s'occupe du jardin des plantes médicinales est très active et que grâce à son savoir nous ne manquons de rien. J'ai ouï dire que certaines plantes employées à faible dose soignent parfaitement d'un mal alors que si on les utilise à une plus forte concentration, elle tue.

— C'est curieux, en effet.

J'oubliai vite cette conversation parce que la porte venait de s'ouvrir sur une dame portant dans ses bras une nouvelle malade. Je m'approchai, et un cri de désespoir m'échappa :

— Victoire !

On la coucha. Elle brûlait de fièvre. J'interrogeai la sœur infirmière qui l'examinait :

— Amygdalite ?

Elle hocha la tête et me dit :

— Elle respire avec difficulté. Il faut prier pour elle.

1. Religieuse s'occupant de l'apothicairerie (la pharmacie).

— Je vais mourir, réussit à articuler ma sœur entre deux quintes de toux.

— Non, lui affirmai-je, nous allons vous soigner.

Mais je savais bien que l'issue de cette terrible maladie était souvent fatale. Depuis mon arrivée à Saint-Cyr, j'avais vu mourir, étouffées, plusieurs demoiselles sans que les médecines aient été efficaces.

— Il faut qu'elle se gargarise avec de l'esprit de vitriol, m'annonça l'infirmière. Si l'abcès qui l'empêche de respirer perce, elle est sauvée... sinon...

Gertrude apporta la mixture en me posant une main réconfortante sur l'épaule. Victoire en prit une gorgée.

— Il ne faut point l'avaler, ce serait dangereux. Le produit doit descendre un peu dans votre gorge, puis vous devez le cracher dans la bassine, expliqua-t-elle.

Victoire nous lança des regards inquiets. Je l'encourageai. Elle se risqua à exécuter les conseils de Gertrude. Tout d'abord, elle n'y réussit point, toussa, s'étouffa, cracha, pleura qu'elle avait encore plus mal. Puis, petit à petit, elle parvint à se gargariser avec le breuvage, qui lui piqua si fortement la gorge qu'elle en hurla de douleur. Je la berçai et, après de longues heures de souffrance, elle finit par s'endormir.

En quittant l'infirmerie avec Gertrude pour regagner notre classe, des sanglots nerveux me secouèrent, et si Gertrude ne m'avait pas soutenue, je me serais effondrée sur le sol.

— C'est trop cruel... me plaignis-je. Elle doit vivre, elle est si jeune.

— L'esprit de vitriol est très efficace. L'apothicairesse me l'a certifié.

— Vous croyez ? Mais l'a-t-elle pris comme il fallait ?

Elle m'entoura les épaules de son bras et me souffla :

— Comme je vous comprends... Ne pas savoir ce qu'il va advenir d'un être cher est le plus cruel des supplices.

Je ne dormis pas de la nuit, qui me vit tour à tour en pleurs, en prière ou encore prostrée. Mes compagnes, au courant de mon malheur, m'accompagnèrent de leurs prières. Parfois, l'une d'entre elles murmurait :

— Courage, Isabeau, nous sommes avec vous.

Depuis plusieurs soirs, nous ne nous réunissions plus pour bavarder, car nous craignions, si la surveillante nous surprenait, d'aggraver le cas de Gertrude. Ces moments où nous pouvions échanger nos idées nous manquaient et nous espérions, si Mme de Maintenon se montrait clémente, les retrouver rapidement.

Au matin, dès que je fus habillée et coiffée, je demandai la permission de prendre des nouvelles de ma sœur et je me précipitai à l'infirmerie le cœur battant.

Serait-elle vivante ou morte ? L'angoisse me fit trembler lorsque je poussai la porte. Elle était assise sur son lit, souriante.

— Isabeau ! m'appela-t-elle. Je suis guérie !

L'infirmière qui était à son chevet me le confirma :

— L'esprit de vitriol a crevé l'abcès, qui est à présent en bonne voie de cicatrisation.

Je la serrai dans mes bras avec effusion.

J'étais si heureuse que les soucis qui m'avaient, hier encore, paru importants me semblèrent insignifiants. Mais je ne me doutais pas de ce qui nous attendait.

Lorsque l'épidémie fut terminée, nous reprîmes notre place dans la classe bleue. Mme de Crécy n'y était point et, comme j'interrogeais notre chef de bande, elle me répondit :

— Elle est souffrante.

— L'amygdalite aiguë ?

— Non point, des flux de ventre.

Elle ne parut pas le lendemain. Mme de Clérambault la remplaça, et lorsque nous lui demandâmes si notre maîtresse était gravement malade, elle lâcha :

— Oui. Le médecin de Mme de Maintenon a été appelé à son chevet. Nous devons prier pour elle.

— Est-ce qu'une nouvelle épidémie s'annonce ? s'informa Olympe.

— Non. Il s'agit d'un cas isolé. Il semble qu'elle ait mangé quelque chose qui l'ait contrariée.

— Nous partageons le même repas et nous n'avons rien eu ? s'étonna Éléonore.

— Elle a dû manger une friandise à laquelle nous n'avons pas droit ! ajouta Gertrude.

— Crémainville, vos commentaires sont parfaitement déplacés ! gronda Mme de Clérambault.

Je surpris un sourire narquois sur les lèvres de Gertrude et je compris qu'elle profitait de cette occasion pour régler ses comptes avec Mme de Crécy, qui n'avait pas été tendre avec elle.

Quatre jours plus tard, un après-dîner, au lieu d'aller en récréation, nous fûmes toutes regroupées dans le réfectoire. La nervosité des maîtresses nous fit immédiatement penser que l'annonce que l'on devait nous faire était grave, d'autant que l'on nous informa que Mme de Maintenon serait présente. Malheureusement, le silence nous fut imposé, et nous ne pûmes pas échanger nos idées, ce qui augmenta notre angoisse.

Quel événement pouvait justifier que nous soyons

toutes rassemblées, des petites de sept ans aux novices de vingt ?

Lorsque Mme de Maintenon pénétra dans la pièce, le visage grave, l'air me sembla peser aussi lourd qu'un baril de poudre. Je glissai un œil vers Gertrude. Elle était changée en statue.

— Mesdemoiselles, commença la marquise, je ne pensais pas un jour avoir à vous tenir ce discours. Hélas, malgré les efforts de M. Godet des Marais pour nous remettre sur le chemin du salut, l'esprit du malin a réussi à s'emparer de certaines d'entre vous.

Mme de Crécy avait tenu le même langage lorsqu'elle avait surpris la correspondance entre Gertrude et Anne. Ainsi, c'était de cela qu'était venue nous parler Mme de Maintenon !

— Comme vous le savez, Mme de Crécy est souffrante. En fait, sa vie même est en danger. Et en connaissez-vous la raison ?

Elle s'arrêta, parut hésiter à poursuivre, soupira, puis lâcha :

— Elle a été empoisonnée !

Un murmure parcourut l'assistance, quelques cris s'échappèrent des poitrines, des yeux s'arrondirent d'horreur et de stupéfaction. Moi même, j'eus l'impression qu'un coup de poignard me pénétrait l'estomac... parce que le nom de la coupable s'imposa aussitôt à moi. Une vague de chaleur m'empourpra les joues, et je priai pour que mon trouble ne me trahît pas.

— Empoisonnée au sein de notre maison ! tempêta la marquise.

Nouveau silence.

— Et la ou les coupables sont parmi vous !

Elle passa dans les rangs dans un froufroutement d'étoffe, dardant un regard dur sur nos visages, que nous gardions baissés. Lorsqu'elle eut fini cette sorte d'inspection, elle poursuivit :

— J'attends de la ou des coupable(s) qu'elle(s) se dénonce(nt) rapidement. Je vous laisse imaginer la honte qui retomberait sur cette maison si la police du Roi était obligée de venir y mener une enquête. Outre que Sa Majesté serait cruellement offensée, je n'y survivrais pas.

Le tableau qu'elle nous dépeignait était si cruel qu'il dépassait notre entendement. Mais il était vrai qu'un crime venait d'être commis...

— Si les coupables n'ont pas le courage de se nommer, je somme celles qui sauraient quelque chose de les dénoncer ! Protéger une criminelle, c'est se rendre complice de son crime !

L'air devenait de plus en plus lourd. Irrespirable.

— Notre maison doit être lavée de toute souillure et retrouver sa pureté, sinon Dieu se vengera sur notre communauté !

La voix de Mme de Maintenon résonnait dans ma

tête tel un marteau cognant mes tempes. Je jetai un regard éperdu vers Victoire, en me disant que, décidément, elle n'aurait jamais dû venir à Saint-Cyr, et je tombai en pâmoison.

CHAPITRE

11

Je m'éveillai sur un lit de l'infirmerie. Mon corset avait été délacé et, une fraction de seconde, je me sentis bien. Je souris au visage de Mme de Maintenon penché sur moi. Mais la seconde d'après la mémoire me revint, et je fermai les yeux pour tenter de fuir la réalité.

— Isabeau, murmura Mme de Maintenon tout près de mon oreille, dites-moi que vous n'êtes pour rien dans ce crime abominable !

Que pouvais-je répondre ? Bien sûr, je n'y étais pour rien... Pourtant mon malaise était un aveu... l'aveu que je connaissais la coupable... J'étais furieuse contre moi, contre cette trop grande sensibilité que je ne parvenais pas à maîtriser. Maintenant, je devais réagir et réussir à éloigner Mme de

Maintenon de la coupable. Il le fallait. C'était une question d'honneur.

— Non, balbutiai-je, je ne suis pas coupable.

— Mais alors... pourquoi cet évanouissement ?

— C'est que... je...

Mentir me coûtait. À mes yeux, il me faisait perdre le titre de « Colombe » qu'aimait à nous donner le Roi lorsqu'il nous visitait. J'étais si fier de m'entendre appeler ainsi ! Mon dilemme était insoluble. Je devais soit trahir une amie, soit mentir... Je ne savais quel acte déplairait le plus à Dieu. Il me parut que c'était le premier.

Je pris une grande aspiration et je poursuivis :

— J'ai eu si peur de... perdre ma sœur Victoire... et j'ai si peu dormi et mangé...

— Je comprends, me répondit la marquise en posant sa main fraîche sur la mienne.

Je me détendis. Allons, ce n'était pas si difficile que cela de mentir.

— Si vous saviez quelque chose, vous me le diriez, n'est-ce pas ? reprit-elle.

Elle insistait. Mon esprit s'affola.

— Oh, Madame, c'est que...

— Vous êtes notre meilleur élément parmi les nouvelles promues de la classe bleue et vous serez une parfaite maîtresse. J'ai une totale confiance en vous et je ne voudrais pas... enfin... cela me peinerait grandement si je m'étais trompée sur votre compte.

« Seigneur ! Il faut que je meure maintenant. Tout de suite. S'il vous plaît, mon Dieu, foudroyez-moi ! La vie est trop dure... Je ne mérite pas... »

Mes nerfs mis à rude épreuve lâchèrent, et des sanglots me secouèrent... C'était, à n'en point douter, un signe du ciel que j'avais appelé à mon secours, car Mme de Maintenon, se méprenant sur mon attitude, reprit :

— Voyons, Isabeau, ne vous mettez pas dans un si triste état. Je ne vous soupçonne pas d'une telle vilenie.

Elle se leva et me dit avant de quitter la pièce :

— Reposez-vous, à présent.

Mais mes pleurs ne se tarirent pas. La sœur infirmière, émue par ma détresse, me donna une infusion de plantes. Petit à petit, je me calmai et je sentis le sommeil me gagner.

Lorsque j'ouvris les yeux, le lendemain, la situation me parut moins dramatique que la veille, et c'est presque sereine que je me préparai pour regagner ma classe.

En arrivant dans le grand vestibule, je croisai le rang des rouges. Victoire y était. Je lui serrai furtivement la main pour la rassurer sur mon sort et la réconforter. Nous n'échangeâmes pas une parole, mais son sourire me fit chaud au cœur, et j'essayai de lui transmettre tout mon amour dans le mien.

Quand je pénétrai dans la salle de classe, mes compagnes étaient s'installées à leur place. Mme de Clérambault faisait la lecture d'un texte saint, et je fus soulagée de constater que tout était comme avant. Éléonore, Olympe, Henriette et Jeanne m'accueillirent d'un sourire. Gertrude, occupée à tailler sa plume, leva la tête, et je vis dans ses yeux qu'elle était heureuse de mon retour.

— Asseyez-vous, Isabeau, m'ordonna simplement la maîtresse.

Tout était bien.

Ce que j'avais vécu la veille n'était qu'un cauchemar.

Hélas, dès que Mme Clérambault eut fini sa lecture, elle poursuivit :

— Mesdemoiselles, il me faut revenir sur les événements dénoncés hier par Mme de Maintenon...

Une vague de chaleur m'empourpra le visage.

— Il s'agit d'un empoisonnement. Un empoisonnement ! insista-t-elle. Il y a donc dans cette maison quelqu'un qui a voulu donner la mort !

Le mot résonna entre les murs. Mes mains se mirent à trembler. Je les cachai sous la table.

— Je vous connais toutes depuis de nombreuses années, et il me semble impossible que la coupable soit parmi vous.

Mme de Clérambault parlait lentement, comme

paralysée par l'horreur d'une situation qui dépassait l'entendement.

— Si par malheur c'était le cas... ajouta-t-elle, je somme la coupable de se dénoncer afin de ne pas faire peser le poids de sa faute sur toute la communauté.

Elle nous dévisagea chacune à notre tour et termina :

— Et si elle n'a pas ce courage, il est du devoir de ses camarades de livrer son nom.

Je respirais par saccades et, lorsque je croisai son regard, je fis un effort surhumain pour afficher un calme que j'étais loin d'éprouver.

— Est-ce que Mme de Crécy est... est morte ? demanda Jeanne d'une petite voix tremblante.

— Non, avec l'aide de Dieu, le médecin espère la sauver.

L'étau qui me broyait la poitrine se desserra. Il me sembla que si la victime ne mourait pas, l'acte était moins odieux... et après tout un crime raté n'était pas un crime.

— D'ailleurs, nous allons prier pour elle et prier aussi pour que la coupable, actuellement sur le chemin de l'enfer, se confesse, se repente, et expie sa faute.

Je priai avec sans doute encore plus de ferveur que les autres, parce que je connaissais la coupable. Enfin, je croyais la connaître : c'était Gertrude. Elle craignait si fort que Mme de Crécy fît renvoyer Anne qu'elle avait pu ourdir [1] le sombre projet de nuire à cette implacable maîtresse. Il lui suffisait de voler quelques plantes vénéneuses à l'apothicairerie puis de les glisser dans l'assiette de la maîtresse... D'un autre côté, je n'avais aucune preuve... Et cette théorie pouvait être le fruit de mon imagination.

Alors que faire ?

Le mieux était d'attendre que la coupable se dénonçât.

La journée s'étira avec une abominable lenteur.

Pendant la récréation, alors que nous brûlions de bavarder, les surveillantes nous l'interdirent. Nous jouâmes aux boules ou au maillet sans pouvoir échanger deux mots. Cependant, certaines demoiselles de notre classe me parurent tout à fait décontractées, comme si tout ce remue-ménage ne les concernait pas. De les entendre rire ou de les voir courir derrière la boule me choqua, à moins que ce ne fût leur insouciance que j'enviais.

J'attendis la nuit avec impatience, partagée entre deux souhaits, celui de pouvoir parler à Gertrude et celui de dormir immédiatement pour ne plus penser.

La nuit vint enfin et, après avoir enfilé ma chemise et enfoncé mon bonnet sur mes cheveux, je me glissai dans mon lit. La tension nerveuse m'avait si

1. Combiner, inventer en secret.

fort fatiguée que j'avais le corps courbatu et qu'il me
sembla que j'allais m'endormir comme une masse.

Ce ne fut point le cas.

Une heure plus tard, n'y tenant plus, j'allai jusqu'au lit d'Olympe. Jeanne, Éléonore et Henriette y
étaient déjà.

— Eh bien, souffla cette dernière, on s'étonnait de
ne pas vous voir.

— C'est que j'espérais dormir et...

— Comment vous sentez-vous après votre malaise ?
coupa Jeanne.

— Mieux. Merci... Savoir ma sœur malade m'avait
si fort émue...

— Certes, lâcha Olympe.

Mais sa voix sonnait faux.

— Et puis, ce qui s'est passé a de quoi nous
remuer les sangs ! Moi, j'en frémis encore ! ajouta
Henriette.

— En tout cas, que Mme de Maintenon puisse
penser que la coupable est parmi nous est inconce-
vable ! protesta Jeanne. Il s'agit à coup sûr de quelqu'un de la cuisine ou même de la personne qui
nous fournit le pain, la pâtisserie, la viande ou les
fruits. Nous sommes toutes de haute noblesse, et
notre religion nous met au-dessus de tout soupçon.

La naïveté de la douce Jeanne nous laissa muettes
un moment. Elle ne s'en aperçut pas car elle reprit :

— D'ailleurs, cet événement ne perturbe même pas le sommeil de Gertrude !

Nous nous tournâmes vers son lit aux rideaux tirés, situé dans le fond du dortoir. J'étais sûre qu'elle ne dormait pas. Et j'aurais donné cher pour qu'elle participât à notre conversation et nous donnât sa version des faits.

— C'est bizarre, remarqua Olympe, qu'elle réussisse à dormir alors que nous nous posons mille questions...

— Je mettrais ma tête à couper que sa conscience l'empêche de dormir, intervint Olympe.

— Vous... vous la soupçonnez ? demanda Éléonore.

— Elle avait une bonne raison d'en vouloir à Mme de Crécy. Qu'en pensez-vous, Isabeau ?

J'avais soigneusement évité de me mêler à la conversation dès que le nom de Gertrude avait été prononcé. Mais là, je ne pouvais pas garder le silence.

— Mme de Crécy était sévère, elle a pu se faire quelques ennemis, répondis-je.

— Certes, lâcha une nouvelle fois Olympe.

— On peut ne pas apprécier une maîtresse... mais de là à l'assassiner ! s'indigna Henriette.

— Je pense que nous ne devons accuser personne sans preuve, dis-je, car il serait très grave de dénoncer une camarade qui serait innocente.

— Isabeau est la sagesse même, ajouta Éléonore en bâillant à se décrocher la mâchoire.

— Eh bien, ce sera le mot de la fin. Je suis si fatiguée que mes paupières se baissent toutes seules, se plaignit Henriette.

— Bonne nuit, murmura Jeanne avant de retourner dans son lit.

Je fis quelques pas avec Olympe pour regagner nos lits, qui étaient voisins, et elle me glissa à l'oreille :

— Il me semble, Isabeau, que vous en savez plus que vous n'en dites.

— Point du tout, me défendis-je.

Fort heureusement, l'obscurité de la pièce l'empêcha de voir la rougeur qui me monta au visage.

CHAPITRE

12

Je ne dormis pas. Car, loin de m'apaiser, cette conversation me donnait à réfléchir. Après tout, pourquoi est-ce que je soupçonnais Gertrude ? Parce qu'elle craignait que Mme de Crécy ne renvoyât Anne ? Mais peut-on risquer la damnation éternelle pour sauver une amitié ? Parce qu'elle avait travaillé quelques jours à l'apothicairerie ? Moi aussi, j'y étais allée, et je n'avais pas pour autant volé de poison !

Soudain, une évidence m'inonda comme une ondée fraîche après une torride journée : « Je m'étais trompée. Gertrude était innocente. Mon imagination débordante m'avait joué un mauvais tour. Il ne pouvait pas en être autrement. »

Cette pensée réconfortante me permit de m'endormir

quelques heures avant que la surveillante ne vînt tirer les rideaux de nos lits pour nous réveiller.

— Comment allez-vous ? me demanda Gertrude, tandis que nous nous brossions les cheveux.

Sa question me surprit tant que je bredouillai :

— Heu... mieux, merci... Et vous ?

— Bien.

Je l'observai. Elle avait des cernes sous les yeux, les joues creuses et les lèvres pincées.

— Vous paraissez lasse.

— Je n'ai pas dormi, lâcha-t-elle.

Ainsi, c'est bien ce qu'avait imaginé Olympe. Gertrude ne dormait pas derrière ses rideaux tirés.

— Mesdemoiselles ! Ne m'obligez pas à sévir, préparez-vous en silence ! rappela Mme de Clérambault.

Gertrude lui lança un regard haineux qui m'effraya. Je lui serrai la main pour la ramener à plus de modération. Elle la retira prestement comme pour m'empêcher de la soutenir et grommela :

— Je n'en puis plus !

Mais je ne sus comment interpréter sa phrase.

À l'heure de la récréation, alors que nous sortions dans le parc, notre maîtresse me dit :

— Isabeau, Mme de Maintenon vous attend dans son appartement.

Je lus de l'étonnement sur le visage de mes compagnes. Gertrude s'arrêta même une seconde sur le seuil et me jeta un regard éperdu... enfin, me sembla-t-il. J'avoue que l'angoisse me saisit à cet instant.

Que me voulait Mme de Maintenon ?

Je frappai à la porte de ses appartements. Elle me pria d'entrer. Toute de noire vêtue, une mantille de dentelle noire couvrant ses cheveux, elle était assise dans un fauteuil, le dos à la cheminée, où une bûche achevait de se consumer. Debout à son côté droit, l'abbé Godet des Marais, grand, sec, sévère. À sa gauche, l'apothicairesse.

J'eus l'impression d'être devant un tribunal.

— Approchez, Isabeau, me dit Madame d'une voix douce. Nous vous avons appelée pour éclaircir quelque peu la situation.

Je baissai la tête, autant par modestie que parce que je craignais de me troubler en croisant son regard.

— Voici quelques jours, vous avez bien travaillé avec Gertrude de Crémainville à l'infirmerie ?

— Oui, Madame.

— Eh bien, voyez-vous, Mme d'Hozier, qui s'occupe des plantes médicinales, a constaté qu'il lui manquait un sachet de ciguë qui, comme vous le savez, est un poison mortel.

Les battements de mon cœur s'accélérèrent. Je

refusais de penser à ce que cette révélation signifiait. Je voulais tout ignorer de ce crime, le chasser, le supprimer... et je m'entendis dire comme si ma voix m'avait échappé :

— Comment va Mme de Crécy ?

— Bien. Dieu a entendu nos prières. Elle est sauvée.

Un bonheur incommensurable s'infiltra dans mes veines. Si elle vivait, il n'y avait donc pas de meurtre !

— Est-ce vous, Isabeau, qui avez subtilisé ce sachet ? m'interrogea l'apothicairesse.

Quoi ! On me soupçonnait ! Je vacillai. L'air à nouveau me manqua, et je serrai si fort les poings dans mon dos que mes ongles pénétrèrent les paumes de mes mains.

— Répondez ! m'ordonna M. Godet des Marais.

Si je disais oui, je m'accusais d'une faute que je n'avais point commise, mais si je disais non, c'était désigner Gertrude comme coupable. Je ne savais ce qui était le moins pire. Avais-je le droit de trahir l'amitié de Gertrude ? N'était-il pas préférable de les laisser croire à ma culpabilité ? Après tout, moi non plus je n'aimais pas beaucoup Mme de Crécy et j'avais trouvé injuste qu'elle voulût alerter Mme de Maintenon pour quelques billets qu'Anne et Gertrude avaient échangés. J'aurais tout aussi bien pu décider de la supprimer.

Non ! jamais ! La vie est trop précieuse...

J'étais perdue dans mes réflexions, lorsque l'abbé m'invectiva sèchement :

— Votre silence est un aveu, mademoiselle !

— Laissons-la s'expliquer, reprit calmement Mme de Maintenon.

Plusieurs fois elle m'avait témoigné sa sympathie. J'essayai donc de rassembler mes esprits pour construire des phrases correctes, mais rien de cohérent ne parvint à mon cerveau, et je balbutiai :

— Je... je ne sais pas ce qui s'est passé... Je ne le sais pas...

M. Godet des Marais fit un pas vers moi et, me brandissant un index menaçant sous le nez, il claironna :

— Les foudres de l'enfer vont s'abattre sur vous, et vous n'aurez pas assez de toute votre vie pour expier votre crime !

Contrairement à ce que je craignais, je ne m'écroulai pas. J'étais innocente, et l'enfer n'était pas pour moi, mais bien plutôt le paradis, qui m'accueillerait parce que j'avais préféré être accusée plutôt que de livrer une amie !

Je me sentis forte.

J'étais prête à subir la prison, la question, à mourir pour ne point trahir... comme une héroïne... de celles qui se sacrifiaient par amour ou par amitié... de celles que M. Racine mettait en scène et que j'admirais. Victoire aurait du chagrin, mais je me dis que je trouverais un moyen de lui révéler la vérité — à elle seule — afin qu'elle fût fière de moi.

Voilà, tout était bien.

— Vous me décevez beaucoup, mon enfant, murmura la marquise.

Cet aveu me brisa le cœur.

— J'espérais faire de vous l'une de nos meilleures maîtresses, mais maintenant...

Elle soupira, et c'est l'abbé qui termina sa phrase :

— ... elle mérite la prison en attendant le jugement de Dieu !

Mme de Maintenon parut étonnée... presque choquée. Je crus un instant qu'elle allait prendre ma défense. Elle hésita, puis dit d'un ton las :

— Je ne souhaite pas que ce... scandale s'ébruite. Il ne doit, en aucune manière, arriver aux oreilles du Roi... Ce serait un tel déshonneur pour notre maison !

— Mais, Madame... commença l'abbé.

Elle l'arrêta d'un regard glacial et poursuivit :

— Nous réglerons cela entre nous.

Puis elle se tourna vers moi.

— Isabeau, en attendant que je statue sur votre sort, vous serez isolée dans l'une des cellules de nos religieuses. Je compte sur vous pour que vous ayez une conduite exemplaire. Je vous conseille déjà de beaucoup prier pour qu'il vous soit pardonné.

Tout mon être était paralysé. Je baissai la tête sans qu'un mot ne franchisse mes lèvres. Il me sembla seulement que le monde s'écroulait silencieusement autour de moi et que ma vie était finie.

La marquise se leva et, passant à côté de moi, elle posa légèrement, imperceptiblement, sa main sur mon épaule.

Ce geste me fut doux.

Je restai ainsi, pétrifiée. Puis une sœur entra et me dit :

— Suivez-moi.

Je lui emboîtai le pas. Nous montâmes au deuxième étage par le vestibule nord-ouest afin que je ne croise aucune de mes compagnes et traversâmes le couloir desservant les cellules des dames et des converses. Elle en ouvrit une. C'était une pièce minuscule dans laquelle il y avait un lit étroit, un prie-Dieu et une grande croix de bois au mur. J'y pénétrai, elle en sortit immédiatement, et j'entendis la clef tourner dans la serrure.

J'étais prisonnière.

Je me laissai tomber sur le lit et pleurai sur mon sort de longues minutes durant.

Des cris et des rires d'enfants, que j'entendais dans le lointain, me firent approcher de la fenêtre. Elle donnait sur le village. J'aperçus quelques masures et trois fillettes qui pataugeaient dans la boue avec deux énormes cochons qu'elles devaient garder.

Mon cœur se serra.

Je pensai à Victoire et je pensai aussi à mon rêve.

Cette terrible affaire de poison faisait que je ne pourrais pas le réaliser. Jamais je ne deviendrais maîtresse. Et les larmes, un instant taries, reprirent de plus belle.

CHAPITRE

13

Je n'avais rien à lire, rien à broder, rien à faire de toute la journée. On m'apportait le dîner et le souper, et chaque fois la converse qui me déposait le plateau prononçait un seul mot :

— Priez !

C'est ce que je faisais. Parce que parler à Dieu, c'était tout de même parler à quelqu'un.

Plusieurs fois, j'ai revécu mon interrogatoire en me désolant : « J'aurais dû dire ça et non rester muette. J'aurais dû expliquer que... J'aurais pu aiguiller les soupçons sur... » D'autres fois le désespoir me gagnait, je regrettais de payer pour un crime dont j'étais innocente, d'autres fois encore la colère s'emparait de moi et je hurlais mon innocence... Enfin, c'est une façon de parler, car je ne hurlais pas. Mon cri était intérieur. Je n'avais point été éduquée avec l'idée de la révolte, et me faire remarquer me semblait une ignominie à éviter à tout prix.

Le reste du temps, j'étais à la fenêtre. C'étaient mes grands moments de liberté. Oui, parfaitement, de liberté. Jamais je n'avais eu le loisir d'observer ainsi la vie des villageois et j'y appris beaucoup. J'avais l'impression d'être dehors avec eux.

C'est ce qui me sauva de la folie.

Les nuits étaient terribles ! Lorsque j'avais récité toutes les prières et que les activités du village ne pouvaient plus me distraire, de sombres pensées m'assaillaient. Je me demandais ce que mes camarades pensaient de moi. Si elles me croyaient coupable. Et surtout comment avait réagi ma chère Victoire. Toutes ces questions sans réponse me torturaient.

Au matin du sixième jour, une sœur converse ouvrit la porte de ma cellule.

— Suivez-moi, m'ordonna-t-elle.

Aussitôt, je me mis à trembler.

La jeune sœur frappa à la porte du bureau de la mère supérieure, qui nous pria d'entrer. Plus morte que vive, j'avançai jusqu'au milieu de la pièce. Outre Mlle de Loubert, installée derrière son bureau, Mme de Maintenon et Mme de Crécy étaient assises sur des chaises. Mme de Crécy paraissait en bonne santé, et j'en fus heureuse. L'abbé Godet des Marais n'était pas présent, et cela me soulagea. Au moins, je n'aurais pas à subir la dureté de son regard et ses menaces de l'enfer.

Dans quelques minutes, mon sort serait fixé.

Brusquement, j'eus la curieuse impression d'avoir déjà vécu cette scène. C'était il y a un an lorsqu'on m'avait accusée d'avoir facilité l'enlèvement d'Hortense. Pourquoi fallait-il donc que les soupçons se portent encore sur moi ?

Je me raidis pour me préparer au pire.

Personne pourtant ne prit la parole, comme si l'assistance attendait quelque chose ou quelqu'un. Qui donc pouvait se joindre à ce... tribunal ? Un abbé ? Un juge ?

À un moment, malgré moi, je croisai le regard de Mme de Maintenon, il me sembla y lire de la bienveillance.

Soudain, la porte s'ouvrit, et je vis entrer avec stupéfaction Gertrude et Mme de Clérambault.

— Eh bien, commença la marquise, nous voilà réunies pour tirer l'empoisonnement de Mme de Crécy au clair.

S'adressant à moi, elle poursuivit :

— Je regrette que vous ayez eu à subir cinq jours d'enfermement pour un délit que vous n'avez point commis.

La chape de plomb qui m'écrasait les épaules s'envola.

Mme de Maintenon se tourna ensuite vers Gertrude.

— Mademoiselle de Crémainville, nous vous écoutons.

— Isabeau est innocente... Pardonnez-moi... ajouta-t-elle à mon intention. J'ai manqué de courage.

Je grimaçai un sourire, incapable de parler.

— C'est moi qui ai mis de la ciguë dans le potage de Mme de Crécy, poursuivit-elle. Je n'ai pas supporté qu'elle détruise tous les billets que j'avais échangés avec Anne.

— Mme de Crécy a simplement obéi à notre nouveau règlement, expliqua Mme de Maintenon.

— Justement, ce nouveau règlement est inhumain... Il nous interdit l'amitié, qui est notre bien le plus précieux dans cette maison où nous sommes privées de l'amour de notre famille.

Mme de Maintenon opina de la tête comme si elle partageait les sentiments de Gertrude, mais Mme de Crécy ne put se contenir et elle cria presque :

— Seul l'amour de Dieu doit vous habiter !

Gertrude lui lança un regard haineux avant de reprendre :

— C'est que... je ne voulais pas qu'Anne soit chassée de Saint-Cyr par ma faute. Je devais empêcher Mme de Crécy de vous faire son rapport. Je n'ai eu que cette solution.

— Ah, mon enfant... le crime n'est jamais une solution... c'est un péché... et je souffre que l'éducation que nous vous avons donnée à Saint-Cyr ne vous ait pas découragée d'un tel acte.

— Nous avons été trop tolérantes envers nos jeunes filles, assura Mme de Crécy.

Elle parlait comme l'abbé Godet des Marais.

— Peut-être, admit Mme de Maintenon, comme à regret. Aussi, nous avons décidé d'une punition exemplaire. Non seulement vous serez chassée de cette maison, mais vous serez enfermée au Refuge[1], cette prison qui accueille les filles perdues, en espérant qu'à force de repentance Dieu vous pardonne votre faute.

La mâchoire de Gertrude se crispa.

— Et... Anne ? murmura-t-elle.

— Mlle de Castillon sera quinze jours au pain sec et à l'eau. Ce sera sa seule punition, car nous pensons que c'est sous votre mauvaise influence qu'elle a désobéi.

J'entendis nettement le soupir de soulagement de Gertrude. Elle osa même ajouter :

— Merci, Madame.

La marquise chassa de la main ce remerciement qu'elle jugea superflu. Elle continua :

1. Prison de femmes tenue par des religieuses.

— Demain matin, un échafaud sera dressé dans la cour. Vous y monterez en chemise, et votre sentence sera lue et exécutée devant toutes. Vous quitterez la maison sur l'heure. Une voiture vous conduira au Refuge.

Je quittai la pièce derrière Mme de Clérambault, non sans avoir adressé à Gertrude un regard plein de compassion.

J'arrivai devant la classe, vaguement inquiète de l'accueil qu'allaient me réserver mes compagnes. M'avaient-elles crue innocente ? Ou s'étaient-elles rangées du côté de mes accusatrices ?

Lorsque j'ouvris la porte, quarante paires d'yeux me dévisagèrent... Il y eut une minute d'un silence étonné. Mes amies les plus proches osèrent abandonner leur tapisserie pour se précipiter vers moi.

— Isabeau, enfin ! balbutia la petite Jeanne en se jetant dans mes bras.

— Je n'ai pas cru, une seconde, à votre culpabilité, me révéla Olympe.

— Il paraît que c'est Gertrude, me souffla Henriette.

— Vous nous avez manqué, et nous avions hâte de vous revoir, ajouta Éléonore.

— Quelle grande âme vous avez de n'avoir point dénoncé la coupable ! reprit Olympe.

— J'avais seulement des doutes et aucune certitude à son sujet... C'est à elle que revient le mérite de s'être dénoncée pour me sauver du déshonneur.

Les autres me prodiguèrent, à leur tour, des paroles d'encouragement et de bienvenue. Mme de Clérambault nous laissa quelques instants exprimer la joie de nos retrouvailles puis elle intervint :

— Mesdemoiselles, Isabeau est innocente. Mais cela, nous n'en avions jamais douté.

Ainsi, elle non plus ne m'avait pas crue coupable ? N'avais-je été enfermée cinq jours que pour laisser à la véritable coupable le temps de se livrer ?

Je lui adressai un sourire rayonnant.

— À présent, que chacune reprenne son ouvrage. Je vais vous faire un cours de géographie, cela nous changera les idées.

À la récréation, j'eus le grand bonheur de pouvoir serrer Victoire dans mes bras. Sa maîtresse l'avait autorisée à quitter son rang.

— Isabeau ! balbutia-t-elle en pleurant d'émotion. J'ai eu si peur pour vous !

— M'avez-vous crue capable d'un tel geste ?

— Oh, non ! Mais j'ai craint que l'on vous chasse, que l'on vous emprisonne, que l'on vous torture... et c'était atroce !

J'essuyai son visage noyé de larmes de mon mouchoir et je la câlinai pour apaiser son angoisse.

— Là, là, c'est fini. Tout ira bien à présent.

— Vous... vous ne partirez plus jamais ?

— Jamais. Je vous le promets.

Le lendemain matin, les coups de marteau provenant de la cour fermée située à l'est et sur laquelle donnaient les fenêtres de notre dortoir nous réveillèrent. Nous nous précipitâmes aux carreaux et nous demeurâmes pétrifiées devant le spectacle : des hommes montaient un échafaud sous la surveillance d'une dizaine de dames de Saint-Louis.

— Mon Dieu, c'est horrible ! s'écria Jeanne en se détournant.

— Et nous allons assister à cette triste mascarade ! reprit Olympe.

— C'est inhumain ! protesta Henriette.

— Silence, mesdemoiselles ! ordonna la surveillante.

Nous fîmes comme à l'habitude notre prière à genoux, puis nous nous mîmes à notre toilette et nous nous habillâmes, mais en accomplissant tous ces gestes nous avions la vision de l'échafaud.

Au réfectoire, j'eus du mal à avaler le pain et la pomme qui constituaient notre ordinaire et je vis qu'il en était de même pour les autres. On aurait tout aussi bien pu se dispenser de nous servir le repas.

Après quoi, nous nous rendîmes à la chapelle.

Nous espérions toutes y apercevoir Gertrude pour la réconforter d'un regard ou d'un sourire. Nous ne la vîmes pas. Pourtant, j'étais persuadée qu'elle y était. Il était impensable qu'elle quittât Saint-Cyr sans avoir assisté à la messe. En tout cas, je priai de toute mon âme pour elle.

Dès la fin de l'office, nos maîtresses nous conduisirent dans la cour. L'échafaud était là. Haut, lugubre, terrifiant. Les petites de la classe rouge poussèrent des cris apeurés et se cachèrent le visage derrière leurs mains. Des murmures de surprise et de peur parcoururent les rangs. Le soleil n'avait pas daigné se montrer, et un vent glacial tourbillonnait entre les murs. Nous nous serrâmes les unes contre les autres, par classe, autant pour se protéger du froid que de la peur qui montait en nous.

Mme de Maintenon, accompagnée de quelques dames, se plaça au pied de l'échafaud. Gertrude, encadrée de deux dames de Saint-Louis, s'avança alors vers elle puis monta les marches conduisant à la plateforme en bois. Le bois craqua dans le silence.

— Gertrude de Crémainville ! dit Mme de Maintenon d'une voix ferme et puissante. Vous avez avoué, sans contrainte aucune, avoir voulu empoisonner votre maîtresse. Pour ce crime, vous êtes condamnée à être fouettée. Après quoi, vous quitterez cette maison définitivement.

Une petite rouge poussa un cri strident. D'autres demoiselles commencèrent à pleurer.

Une dame de Saint-Louis arracha les rubans bleus

de la robe de notre amie, puis on lui ôta sa robe et ses jupons pour la laisser en chemise. Une autre lui ôta son bonnet. En quelques coups de ciseaux, une troisième lui coupa sans précaution sa magnifique chevelure au ras du cou.

Certaines d'entre nous portèrent instinctivement la main à leur nuque, comme pour se protéger d'une telle ignominie.

Gertrude avait un visage impassible.

Elle se pencha sur le banc lorsqu'une dame le lui commanda et elle reçut sans broncher les trente coups de fouet qu'on lui administra.

Je ne pus m'empêcher de compter les coups, et à chacun il me semblait sentir la morsure de la lanière dans mon dos.

Beaucoup de demoiselles s'évanouirent à ce spectacle. Nous fûmes obligées de les soutenir, car Mme de Maintenon avait donné l'ordre qu'aucune de nous ne fût évacuée avant la fin.

Lorsque Gertrude se releva, pas une larme n'avait coulé sur ses joues. Son regard nous chercha dans le rang des bleues. Je lui souris tristement pour lui montrer que je partageais sa douleur, et son visage s'éclaira à son tour d'un faible sourire... comme un adieu.

CHAPITRE

14

Cependant, la vie reprit.

Victoire parlait maintenant parfaitement bien le français. Elle allait prochainement quitter la classe rouge pour intégrer la classe verte. Si les meilleurs éléments avaient encore été distingués par des rubans, sa robe en aurait été couverte, et j'en aurais été bien fière. Elle se pliait de bonne grâce aux nouvelles règles de notre maison, mais il est vrai qu'elle n'avait rien connu d'autre.

Lorsqu'un jour je lui avouai qu'avant la venue de M. Godet des Marais, nos maîtresses nous parlaient de l'Antiquité et nous avaient fait découvrir la poésie et le théâtre de M. Corneille, que nous pouvions friser et poudrer nos cheveux et que nos robes étaient parsemées de rubans, elle me répondit :

— Je regrette de ne point connaître la poésie et le théâtre, parce qu'il me paraît utile que nous sachions autre chose que broder et tenir une maison, pour le reste, je m'accommode fort bien de ce que nous avons.

Je la félicitai pour sa sagesse.

— Je pense, ajouta-t-elle, que vous partagez mon opinion, car si votre rêve est toujours de devenir dame de Saint-Louis, les frivolités doivent vous faire horreur.

— Tout à fait! m'empressai-je de répondre.

La mère supérieure, considérant que Victoire n'avait plus besoin de leçons, ne m'autorisa plus à la voir en particulier.

Cependant, la maîtresse des rouges, qui était très bonne, fermait les yeux lorsque ma sœur s'approchait de notre groupe pendant les récréations, et Mme de Clérambault faisait de même.

Après un mois de repos, Mme de Crécy reprit la tête de la classe bleue. Voulut-elle me faire payer le fait que je n'aie pas dénoncé Gertrude? Sentit-elle que je n'avais pas apprécié sa sévérité à l'égard de l'amitié de Gertrude et d'Anne? Trouva-t-elle que je n'avais pas accueilli son retour avec assez de joie? Toujours est-il qu'elle me surveilla si étroitement

qu'il me devint particulièrement difficile d'embrasser Victoire.

Mes amies utilisèrent des ruses inimaginables
pour détourner son attention quelques minutes afin
que je pusse courir vers ma sœur, la serrer contre
moi et avoir de ses nouvelles.

C'était devenu un jeu.

Un soir, je les mis en garde :

— Il faut arrêter. Si Mme de Crécy s'aperçoit de
vos complots, nous risquons d'être sévèrement
punies !

— Sans doute... mais cela met un peu de piment
dans notre existence ! s'exclama Henriette.

— Parfaitement, ajouta Olympe. Nous ne pouvons
plus bavarder, on nous refuse la poésie, le théâtre et
le plaisir de se parer, il nous faut bien une
distraction !

— Oh, oui... Et duper Mme de Crécy... il n'y a rien
de plus divertissant ! s'écria Jeanne.

— Voyons, Jeanne, la grondai-je, vous qui êtes si
sage !

— Je m'ennuie tant ! lâcha-t-elle pour sa défense.

Sa mine déconfite nous fit rire.

— Oh, que c'est bon de rire ! ajouta Éléonore. Il
me semble bien qu'il y a un siècle que je n'ai point
ri. Parce que, Olympe, dans ta liste des choses défen-
dues, tu as oublié le rire... et pourtant, il s'agit d'un
plaisir fort innocent.

Elle avait raison, et nous nous rattrapions souvent le soir dans le dortoir lorsqu'il n'y avait point de sujet grave pour nous occuper.

Mais cela devenait de plus en plus rare.

Avant, avec Charlotte, Hortense et Louise, c'était *Esther* qui meublait nos discussions, à présent, nous nous inquiétions de savoir quand Saint-Cyr deviendrait un monastère régulier, car il ne faisait plus aucun doute qu'il le serait et que les prochaines qui termineraient la classe bleue seraient contraintes à prendre le voile.

Et puis, toutes, sans nous concerter, nous fîmes en sorte de ne plus parler de la transformation de notre maison en couvent afin de pouvoir continuer à vivre sereinement. Nous y parvenions assez bien, et cela nous permit de rire plus souvent le soir... peut-être tout simplement pour chasser les fantômes de notre avenir.

Las, on ne peut aller contre le destin !

Au printemps de l'année 1692, alors que, sous la direction de M. Nivers, nous allions commencer la répétition d'un chant pour la semaine de Pâques, une jeune novice vint annoncer à Éléonore :

— Vous êtes mandée[1] au parloir.

— Qui ? Moi ? s'étonna Éléonore.

— Oui. Mme de Maintenon y sera aussi.

1. Demandée.

Éléonore pâlit et s'inquiéta :

— S'agit-il de ma famille ? Ma mère est souffrante ? Morte ? Ou alors c'est... mon père...

— Je l'ignore. Madame vous expliquera.

Je lui serrai la main.

— Vous pouvez compter sur notre affection à toutes.

Elle hocha la tête sans répondre et suivit la novice.

Elle revint une heure plus tard au moment où nous pénétrions dans le réfectoire pour le souper. Elle était pâle et marchait comme si elle avait été assommée par une mauvaise nouvelle. Lorsqu'elle passa devant moi pour rejoindre sa place, je lui soufflai :

— Alors ?

— Ce soir... je vous conterai tout...

Elle ne toucha pas au repas et garda la tête baissée sur son assiette. Je vis même quelques larmes tomber dans son potage. Nous étions toutes attristées et brûlions de connaître la cause de la détresse de notre amie.

Pendant la récréation du soir, elle refusa de jouer aux osselets et resta debout, appuyée contre un pilier, le regard perdu dans le vide.

Enfin, nous nous retrouvâmes dans le dortoir éclairé par la lune. Nous attendîmes que nos compagnes de classe s'endorment, puis Henriette,

Jeanne, Éléonore et moi nous nous dirigeâmes, selon notre habitude, vers le lit d'Olympe, qui était le plus éloigné de la cellule de la surveillante.

— Alors ? demanda à nouveau Henriette à Éléonore.

— Ah, mes amies... commença cette dernière, c'est affreux !

— Ta mère est morte ? suggérai-je.

Elle hocha la tête négativement.

— Ton père ou tes jeunes sœurs ?

Nouveau hochement de tête négatif.

— Alors... parle ! s'impatienta Jeanne.

— L'ambassadeur de Saxe a insisté pour m'épouser. Comme Madame ne m'en avait pas parlé depuis plusieurs mois, j'avais cru qu'il m'avait oubliée et j'en étais bien contente.

— Et... il est vraiment vieux ? insista Jeanne.

— Oui. Cette fois, j'ai pu l'observer à travers les grilles du parloir. Il est... abominablement vieux... Il n'a plus de dents, le visage ravagé par la petite vérole et de grosses verrues sur les joues. Lorsqu'il s'est mis debout, il penchait d'un côté et, s'il n'avait pas eu de canne, il serait probablement tombé.

Éléonore s'affaissa sur le lit en proie à une crise de larmes. J'avoue que je ne savais pas quoi faire pour la réconforter. Henriette réagit la première :

— Il faut refuser !

— Et entrer au couvent ! Vous déraisonnez ! s'emporta Olympe. Si cet ambassadeur est très vieux, il mourra rapidement, et être veuve est la meilleure des situations : vous aurez l'argent, la liberté et une place à la cour ! Je vous l'avais déjà dit.

Nous nous signâmes rapidement pour éloigner l'esprit du mal qui avait fait naître cette pensée dans le cœur d'Olympe. Offusquée, j'ajoutai :

— Vous devriez avoir honte de conseiller une si vile conduite à Éléonore.

— Je n'ai aucune honte. C'est Mme de Maintenon qui devrait avoir honte de nous proposer comme de vulgaires marchandises à des hommes avides de notre jeunesse.

— Oh, je ne lui en veux pas... Il faut bien nous établir [1], et mon père aurait agi de même. D'ailleurs, sans son accord, le mariage ne pourrait avoir lieu. Madame a dû l'obtenir sans peine.

— Votre père est donc si pressé de vous établir ? questionna Jeanne.

— Il a six filles, et aucune dot à nous offrir. Alors, si l'on me prend sans argent...

— Eh bien moi, je ne supporterais pas que l'on dispose ainsi de moi ! Qu'en pensez-vous, Henriette ? demanda Olympe.

— Hélas, enfermée dans Saint-Cyr, nous ne pouvons que nous soumettre.

— Charlotte ne s'est pas soumise [2]. Elle a fui !

— Sans doute, mais nous ignorons ce qu'elle est

---

1. À cette époque « établir » une jeune fille, c'était assurer son avenir par le mariage ou le couvent ; l'établissement d'un jeune homme se faisait par l'achat d'une charge ou d'un régiment.
2. Voir *Charlotte, la rebelle.*

devenue, et astheure[1] elle mendie peut-être son pain dans les rues de Versailles ou de Paris.

— Cela m'étonnerait. Elle avait du caractère, et je gage qu'elle est plutôt devenue marquise !

— C'est peut-être ce qui vous arrivera, dis-je à Éléonore pour la réconforter. Comment s'appelle votre future époux ?

— M. von Watzdorf.

— Comment avez-vous dit ? Von... Watte... storfe ?

— Il a un nom imprononçable... Il est saxon. Il occupait jusqu'à ce jour le poste d'ambassadeur de la Saxe à Paris.

— Seigneur ! Et parle-t-il le français au moins ?

— Avec un épouvantable accent ! Il souhaite que notre union se fasse sans tarder car il a décidé de rentrer dans son pays.

— La Saxe ? s'exclama Jeanne.

— Parfaitement. Il m'en a vanté les beautés, m'a décrit sa maison[2] en assurant qu'il me faisait entièrement confiance pour la bien tenir. Il a prétendu que si je consentais à cette union, je ne le regretterais point, car il me couvrirait de présents, et que si en plus je lui donnais un héritier, son bonheur serait si total qu'il ferait de moi une véritable princesse.

— Vraiment ? s'étonna encore Jeanne.

— Je ne sais plus que faire, se lamenta Éléonore. Le couvent ne me tente point, et ce mariage

1. À cette heure, à cet instant.
2. Les nobles appelaient « maison » leur château.

m'effraie. L'homme est si vieux et m'oblige à partir si loin !

— Ah, s'il m'avait choisie, décréta Olympe, je n'aurais point hésité ! Tout me semble préférable aux murs de Saint-Cyr !

Éléonore soupira et conclut :

— Je vais essayer de dormir. On prétend que la nuit porte conseil.

Nous nous séparâmes pour regagner nos lits. Avant de sombrer dans le sommeil, je priai pour qu'Éléonore fît le bon choix.

Au matin, Éléonore ne laissa rien deviner de sa décision, mais peut-être ne l'avait-elle pas encore prise, et lorsque Olympe l'interrogea discrètement pendant la toilette, elle répondit d'un air buté :

— Je ne sais pas.

Pendant l'office, comme elle était particulièrement recueillie, je pensai qu'elle avait choisi de devenir religieuse.

Elle se rendit ensuite dans le bureau de la mère supérieure et, comme c'était l'heure de la récréation, nous l'attendîmes dans le parc. Il faisait beau, et j'eus le bonheur de pouvoir échanger quelques mots avec Victoire.

La récréation se termina, et nous montâmes en rangs silencieux dans nos classes.

Mme de Crécy venait de nous ordonner de

prendre nos ouvrages de broderie, lorsque la mère supérieure et Éléonore entrèrent dans la classe.

— Votre camarade vient vous faire ses adieux, nous annonça Mlle de Loubert.

— Oui. Mme de Maintenon a eu la grande bonté de me proposer un mariage qui comble mes vœux et...

Nous étions stupéfaites. Avions-nous bien compris ?

Éléonore s'arrêta une seconde, puis, nous regardant tour à tour, elle ajouta :

— ... et j'aurais été bien inconsciente de le refuser. Je regrette seulement de quitter cette maison à qui je dois tout, et aussi je regrette de quitter de si chères amies.

Je fis un pas dans sa direction et je lui pris la main. Elle la retira vitement, peut-être pour ne pas s'attendrir.

— Adieu, nous dit-elle, je ne vous oublierai pas.

Nous aurions voulu la retenir pour en savoir plus sur sa décision, lui parler, la soutenir, mais elle se retourna rapidement et quitta la pièce, la mère supérieure sur les talons.

La nouvelle nous laissa abasourdies.

La veille, j'aurais juré qu'elle choisirait de rester avec nous et de devenir religieuse.

— Je l'envie, me souffla Olympe à l'oreille.

— Elle a fait le bon choix, ajouta Henriette.

Mais je surpris Jeanne en train d'essuyer une larme et je me contins pour ne pas faire pareil.

Cette nuit-là, bizarrement, il n'y eut point de conciliabule dans le lit d'Olympe, mais je dormis mal. J'avais l'impression que les événements se répétaient. Louise était partie, puis Charlotte et Hortense, et alors que j'avais reformé de nouveaux liens, le destin se plaisait à les rompre. J'en vins même à me demander si ce n'était pas moi qui, porteuse du mauvais œil, faisais fuir les gens qui me devenaient chers. Si tel était le cas, cela voulait dire que Victoire allait me quitter elle aussi! Cette pensée me troubla. Si nous étions séparées à nouveau, je ne le supporterais pas... Et elle non plus.

CHAPITRE

15

Je ne m'étais pas trompée.

Le destin se joua de moi et de mes sentiments.

Alors que la tristesse du départ d'Éléonore commençait à s'estomper, la mère supérieure me fit appeler dans son bureau. J'eus exactement la même réaction qu'Éléonore un mois plus tôt.

— S'agit-il d'une mauvaise nouvelle ? m'inquiétai-je.

— Je l'ignore, me répondit la novice venue me chercher pendant la récréation.

Un pressentiment me pinça le cœur.

Lorsque j'entrai dans le bureau, Mme de Maintenon était là, assise dans un fauteuil. Je pâlis. Effectivement, pour que la marquise se fût déplacée, l'événement devait être d'importance.

— Isabeau, je voulais vous dire à nouveau tout le bien que je pense de vous.

— Je... je vous remercie, Madame, bredouillai-je.

Qu'avait-elle donc à m'apprendre de si grave pour qu'elle commençât par me féliciter ?

Elle ne poursuivit pas, laissant le silence s'installer, ce qui augmenta mon angoisse.

Mme de Maintenon marquait son impatience en défroissant du plat de la main le tissu de sa jupe de soie noire, qui n'avait pourtant aucun faux pli. Le silence était si lourd que je n'osais plus respirer, de peur de le troubler.

Le bruit des roues d'un carrosse sur les pavés de la cour attira la mère supérieure à la fenêtre. Elle fit un signe à Mme de Maintenon pour lui indiquer que la personne que nous attendions était là.

Qui donc pouvait arriver en carrosse pour me voir, moi ?

Une terrible vision me frappa l'esprit : un gentilhomme venait me prendre pour femme ! Un vieux noble bien en vue à la cour et à qui Mme de Maintenon ne pouvait rien refuser... Allais-je subir le même sort qu'Éléonore ?

Soudain la porte s'ouvrit et une jeune femme entra.

Je la reconnus immédiatement. C'était la princesse qui m'avait si gentiment secourue lorsque je m'étais interposée pour empêcher que les mousquetaires ne se lancent à la poursuite d'Hortense et Simon. J'avais appris par la suite qu'il s'agissait de Mlle de Nantes [1], une fille du Roi.

Mme de Maintenon se leva pour l'accueillir, la mère supérieure s'inclina, et je tâchai, sur mes jambes flageolantes, d'exécuter une révérence correcte.

— Ah, s'exclama-t-elle d'une voix charmante, ma voiture a été bloquée par un train de mules qui livrait du vin et dont l'une des bêtes refusait d'avancer !

— Ce n'est rien. Comment vous sentez-vous ? s'informa Mme de Maintenon en lui désignant une chaise.

La jeune princesse passa une main sur son ventre rebondi et répondit en s'asseyant :

— Parfaitement bien ! Ce sera un fils. Castelli me l'a prédit et il ne se trompe jamais. C'est le meilleur astrologue du monde !

— Si Dieu le veut, ajouta Mme de Maintenon en fronçant les sourcils.

Elle ne devait pas croire à l'astrologie.

— Voici donc Isabeau de Marsanne, qui m'a déjà prouvé qu'elle avait du cœur, le sens de l'honneur et de l'amitié.

Je rougis sous le compliment et je me détendis un peu. Ce n'était certainement pas pour m'annoncer

---

1. Louise-Françoise de Bourbon, titrée Mlle de Nantes, est la fille naturelle de Louis XIV et de Mme de Montespan. Elle a été élevée par Mme de Maintenon. Elle est née en 1673 et a épousé, en mai 1685, Louis de Bourbon-Condé, prenant alors le titre de duchesse de Bourbon et de princesse de Condé.

une catastrophe dans ma propre famille que la princesse était venue à Saint-Cyr...

— Oui, Marsanne est l'un de nos meilleurs éléments, ajouta la mère supérieure d'une voix sèche.

— C'est pour cela que je l'ai choisie !

Choisie ? Mais pour quoi ou pour qui ?

— Et que pense-t-elle de ma décision ? poursuivit la princesse.

— Elle ne la connaît point encore. Je vous laisse le soin de lui en faire part.

— Approchez donc, mademoiselle, me dit-elle.

Elle prit mes mains glacées dans les siennes, qui étaient tièdes, et continua :

— Je vous ai choisie pour être la gouvernante de mon fils.

Et comme je levais vers elle un regard interrogatif et sans doute inquiet, elle éclata d'un rire frais et ajouta :

— Je sais qu'il n'est point encore né, mais cela nous laissera le temps de faire connaissance, car je veux pouvoir me reposer entièrement sur vous. On m'a dit que vous rêviez d'enseigner, eh bien, je vais réaliser votre rêve plus tôt que vous ne l'imaginiez !

— Mais, madame... je... enfin...

Les mots me manquaient. Je ne pouvais pas lui dire que surveiller un nourrisson n'avait rien à voir avec l'enseignement et que, contrairement à ce qu'elle pensait, en me proposant cet établissement elle m'obligeait à renoncer à mon véritable rêve, puisqu'en quittant Saint-Cyr je ne deviendrais jamais dame de Saint-Louis.

— Ne me remerciez pas, Isabeau ! s'écria-t-elle joyeusement. Je sens que nous allons devenir de très bonnes amies !

Je me tournai alors vers Mme de Maintenon. Mon salut allait venir d'elle, car elle savait que mon seul rêve était l'enseignement.

— Vos parents, que j'ai informés, ont donné leur accord, et Mlle de Nantes a vraiment besoin de quelqu'un de confiance pour élever son enfant.

— Vous oubliez, ma chère tante[1], que je ne suis plus Mlle de Nantes, mais Mme la princesse de Condé.

— Vous avez raison. Mais pour moi, vous serez toujours la fille que je n'ai point eue et à qui je ne peux rien refuser.

— Alors, quand venez-vous me rejoindre ? m'interrogea la princesse. Le plus vite sera le mieux, car je vais accoucher prochainement !

— Eh bien... je...

— Disons... après-demain, coupa Mme de Maintenon.

— Ah, j'en suis fort aise !

J'avais la gorge sèche, les oreilles bourdonnantes, et des larmes menaçaient de s'échapper de mes yeux.

---

1. C'est ainsi que les enfants de Mme de Montespan appelaient Mme de Maintenon, qui les avait élevés.

J'entendis vaguement la mère supérieure me commander :

— Rejoignez votre classe, à présent.

Je fis la révérence et je sortis de la pièce, anéantie.

Allais-je devoir renoncer à mon rêve, me plier à la volonté des grands, quitter mes amies et aussi abandonner ma chère Victoire ? Et comment allait réagir ma sœur alors que nous nous étions promis de toujours rester ensemble au sein même de cette maison ?

J'en voulais à Mme de Maintenon, qui, pour satisfaire sa fille de cœur, brisait ma vie. J'avais pourtant cru qu'elle m'aimait un peu, ou tout au moins qu'elle tenait à ce que je devienne dame de Saint-Louis.

Après avoir parcouru le corridor conduisant à la classe bleue, je m'arrêtai quelques secondes devant la porte pour me composer un visage impassible et j'entrai.

— Hâtez-vous de reprendre votre ouvrage ! m'ordonna sèchement Mme de Crécy.

Mes camarades me lancèrent des regards interrogateurs. Mon air déconfit les renseigna un peu : ce que j'avais appris n'était pas une bonne nouvelle.

La nuit venue, dès que nous nous fûmes rassemblées sur le lit d'Olympe, je leur annonçai tristement :

— Je quitte Saint-Cyr.

Elles étouffèrent des exclamations de surprise derrière leurs mains, et je poursuivis :

— La princesse de Condé me veut à son service pour être la gouvernante de son fils.

Le premier mouvement de stupeur passé, Olympe s'enthousiasma :

— Alors, vous aussi, vous avez la chance de partir !

— Pour moi, ce n'est pas une chance mais une catastrophe. Vous savez bien que mon plus cher désir était de devenir dame de Saint-Louis.

— Être gouvernante, c'est un peu la même chose, et puis vous allez vivre à la cour ! reprit Henriette.

— La cour me fait peur, et je ne vois pas ce que je vais apprendre à un nourrisson !

— Mais vous serez libre, Isabeau ! Vous pourrez vous coiffer, vous habiller selon votre humeur, chanter, parler, rire... et il me semble que cette liberté n'a pas de prix !

— Si. Elle en a un, et il est bien lourd. Je quitte des amies et Victoire.

— L'avez-vous avertie ? me demanda Jeanne, qui n'avait pas encore ouvert la bouche.

— Non point, et je redoute la peine que je vais lui causer.

— Moi aussi j'ai beaucoup de peine de vous perdre, murmura-t-elle.

Jeanne était celle qui me ressemblait le plus. Elle n'avait pas le désir de liberté d'Henriette et d'Olympe, elle ne souhaitait qu'une vie simple et calme au sein de notre maison.

Je repensai alors à l'idée qui m'avait traversé l'esprit quelques jours plus tôt et je leur en fis part :

— Hélas, j'ai l'impression qu'une malédiction pèse sur moi, qui fait que mes amies me quittent une à une.

— Là, c'est vous qui nous quittez, me fit remarquer Jeanne.

— C'est vrai, et je perds trois amies et une sœur en une seule fois.

Le lendemain, on m'autorisa à voir ma sœur pendant toute la durée de la récréation.

Je la pris par la main et la conduisis dans un bosquet où nous nous assîmes sur un banc de pierre.

— Victoire, je quitte Saint-Cyr pour devenir gouvernante du fils de la princesse de Condé, lui annonçai-je sans lâcher sa main.

Elle sembla tout d'abord ne pas bien comprendre et répéta en plongeant ses yeux dans les miens :

— Vous... vous quittez Saint-Cyr... pour... toujours ?

— Je le pense.

— Vous m'abandonnez ?

Le désespoir que je perçus dans sa voix me bouleversa.

— On ne m'a pas laissé le choix, lui expliquai-je. Mais je ne vous abandonne pas. Je... je penserai à vous constamment et... j'espère pouvoir revenir vous voir.

— Sans vous, je... je ne sais pas si je pourrai continuer... le règlement est de plus en plus dur, et...

— Il le faut, Victoire. Je mets tous mes espoirs en vous. C'est vous qui serez dame de Saint-Louis, puisque je ne pourrai le devenir. Vous réaliserez mon rêve. Il le faut.

Les larmes coulaient silencieusement sur ses joues. Je les essuyai de mon mouchoir et je la serrai contre moi. Pour l'obliger à réagir, j'insistai :

— Est-ce que je peux compter sur vous, Victoire ? Elle hocha la tête.

— Promettez-moi de faire tout votre possible pour réussir !

— Je vous le promets.

— Ah, voilà qui est bien !

Et afin de faire naître dans ses yeux une lueur d'espoir, je poursuivis :

— Le destin s'amuse à nous séparer, mais il n'y réussira pas ! Certes, nous ne nous verrons plus tous les jours, mais je viendrai dès que je pourrai, je demanderai de vos nouvelles et vous ferai parvenir des miennes ! Tous les matins et tous les soirs nous prierons Dieu pour qu'il nous réunisse.

— Pensez-vous qu'il y réussira ?

Je la serrai encore plus fort et je murmurai :

— Oui.

CHAPITRE

16

Je fus quelque peu soulagée de constater que la princesse ne résidait pas à Versailles mais au château de Saint-Maur, moins vaste et moins fastueux. Surtout, le Roi n'y étant pas, il me sembla que ma timidité y serait plus à son aise.

Dès que j'arrivai, la princesse me présenta à ses dames d'honneur. Il y en avait huit. Quatre me parurent beaucoup plus âgées que moi et une plus jeune. Je sentis immédiatement une réserve à mon égard. Elles ne me considérèrent point comme une des leurs et, en y réfléchissant, c'était normal : je ne devais ma place ni à mes hauts quartiers de noblesse, ni aux services que ma famille avait rendus aux Condé, et je n'avais pas non plus acheté ma charge. De plus, j'avais la fonction de gouvernante, que certaines de ces dames avaient sans doute sollicitée.

J'étais l'intruse.

Cela m'ennuya.

À Saint-Cyr, au moins, nous étions toutes à égalité, et seul le mérite et le travail nous faisaient progresser. Dès le premier jour je compris qu'il n'en serait pas de même à l'extérieur des murs de notre maison.

Seule Marie de Montmorency, qui devait avoir à peine seize ans, fut aimable avec moi.

— Je suis contente de vous connaître, me dit-elle avec un charmant sourire.

Et je compris qu'elle était sincère.

D'ailleurs la princesse de Condé ne s'y trompa point, et c'est sa chambre dans les caves [1] qu'elle me proposa de partager.

— Je suis certaine que vous vous entendrez bien, ajouta-t-elle.

Je vis à la mine renfrognée des autres que cette réflexion leur déplut. J'en conclus que la jeune Marie ne devait pas être très appréciée et qu'on me mettait dans le même sac.

— Mme de Luynes, poursuivit-elle en s'adressant à la plus âgée de ses dames, vous ferez en sorte que Mlle de Marsanne ait une garde-robe en rapport avec ses nouvelles attributions. Convoquez le tailleur, la couturière, la modiste, sans tarder.

Puis elle se tourna vers moi :

1. Les gens servant les nobles étaient logés soit dans des pièces en sous-sol appelées caves, soit à l'entresol du rez-de-chaussée, soit encore dans les mansardes et greniers sous les toits.

— Mon époux fait sa cour à Versailles, mais dès son retour, je vous présenterai, et vous devrez être mieux attifée[1].

Avais-je donc l'air si misérable ? Un coup d'œil aux robes de soie, aux parures, aux coiffures et aux visages maquillés des dames d'honneur me prouva que je l'étais en effet. Je rougis.

— Pour l'heure, je suis lasse, je vais m'allonger. Apportez-moi un panier de pavies[2] bien mûres, et faites venir les violons. La musique m'aide à me reposer.

Trois dames la suivirent lorsqu'elle sortit.

— Venez, me dit Marie, nous allons visiter la maison.

Je ne fus pas fâchée de quitter l'ambiance lourde de la pièce.

— Ne faites pas attention à leur face de carême, plaisanta Marie, ce sont de vieilles pies qui ne supportent pas la jeunesse. Et elles sont furieuses que madame ait pris une jeune fille comme gouvernante pour son fils, alors qu'il y a des mois qu'elles intriguent pour que l'une d'entre elles soit choisie !

— Je n'y suis pour rien, je vous l'assure, et j'aurais bien préféré rester à Saint-Cyr.

— Moi, je suis très contente que vous soyez venue. Quel âge avez-vous ?

— Dix-huit ans.

— Un an de moins que notre princesse. Moi, j'en

1. Habillée (le verbe *attifer* a pris un sens péjoratif par la suite).
2. Variété de pêches.

193

ai à peine seize. Vous verrez, elle est absolument charmante, toujours gaie. Elle adore les fêtes et elle danse à merveille. Elle n'est ni méchante ni autoritaire et, si on la sert bien, elle nous offre plein de petits présents. Voyez, ajouta-t-elle en me montrant la broche d'estomac en or qui fermait son décolleté, elle m'a donné ce bijou l'année de mes quinze ans.

— Et comment est le prince ? m'informai-je.

— Ah, lui... soupira Marie. Vous ne l'avez jamais vu ?

Je hochai négativement la tête.

Marie me prit la main et m'entraîna hors du château. Comme nous étions en fin de journée, le soleil était moins chaud, mais afin qu'il ne nous gâte pas le teint, nous courûmes sous la protection des arbres d'un bosquet où nous nous assîmes. Elle baissa le ton et reprit :

— Je ne sais trop comment vous le décrire... À dire vrai, il est assez laid... il a une tête énorme et un visage jaune, des yeux... effrayants. Il a les épaules inégales et porte des bottines spéciales afin d'équilibrer le poids de son corps... Et de plus, il est bossu. À la cour on l'a surnommé le « singe vert ».

J'étais stupéfaite.

— Comment se fait-il que le Roi ait accepté pour sa fille un mari si... si difforme ?

— C'est que ce nabot est prince de Condé ! Son père tenait tant à ce mariage qu'il a assiégé le Roi pendant des mois, voire des années. Sa Majesté a fini par céder. C'est notre lot, à nous, les filles, d'obéir à nos parents, et les princesses de sang n'échappent pas à la règle. On m'a conté qu'elle a été officiellement mariée à l'âge de huit ans et cinq jours. Le promis en avait dix-sept. Lorsqu'il lui a glissé l'anneau nuptial au doigt, elle a eu un sursaut de dégoût, et l'anneau a roulé sur le sol. Le prince fut si furieux de l'incident qu'il saisit la main de la fillette et la pinça avec violence. Louise-Françoise essaya de se dégager, mais il la tenait fort et réussit à lui passer l'anneau, qu'un page avait retrouvé.

— Oh, la malheureuse enfant !

— Après le dîner, la symphonie et le souper, le Roi et la Dauphine menèrent les mariés jusqu'à la couche. On tira les rideaux, on ferma les portes de la chambre et on les rouvrit aussitôt pour que chacun regagne ses appartements. La demoiselle était trop jeune pour que le mariage soit consommé. Il le fut lorsqu'elle eut treize ans.

— C'est tout de même bien tôt pour déjà...

— Oh oui... et toute princesse qu'elle est, je ne l'envie pas... Si encore le prince était un galant homme !

— Il ne l'est point ?

— Hélas, non. C'est un coureur de jupons.

— Seigneur, comme je la plains !

— C'est pour toutes ces raisons que je la sers le

mieux possible. Mais vous verrez par vous-même que cette princesse ne s'apitoie pas sur son sort. Au contraire, elle combat sa triste condition par une humeur toujours joyeuse.

— Quel courage !

— Elle en a beaucoup, et c'est ce qui la rend si aimable à tout son entourage.

— Je vais, moi aussi, essayer de la servir de tout mon cœur.

Dès que je le pus, j'écrivis une longue lettre à mes parents. Puisqu'ils avaient donné leur accord pour que je quitte la Maison Royale d'éducation, je leur cachai ma déconvenue et, en leur indiquant mon adresse, je les priai de m'écrire le plus souvent possible.

L'accouchement étant proche, la princesse restait souvent allongée. Je lui lisais *L'Astrée*[1]. Je prenais un immense plaisir à cette lecture. Je n'avais jamais lu de roman à Saint-Cyr, et leur découverte fut une révélation. La princesse possédait les derniers romans à la mode et m'encouragea à les lire. La vie amoureuse de ces héroïnes et de ces héros me passionna. Et comme elle avait la bonté d'apprécier ma diction, elle ne voulut plus d'autre lectrice que moi.

— Ah, Isabeau ! me dit-elle un jour à la fin d'un chapitre, ne vous mariez jamais... Gardez le rêve en

1. Roman d'Honoré d'Urfé qui eut un grand succès au XVIIe siècle.

vous parce que le mariage ce n'est pas l'amour... c'est tout le contraire.

Je fis aussi la connaissance de Marie-Anne de Bourbon-Condé, la première fille de la princesse. Elle avait deux ans et était ravissante. Sa vivacité et son babil enchantaient sa mère et toutes les dames. Mme de Maillé-Brézé, sa gouvernante, qui avait plus de cinquante ans, peinait beaucoup à la suivre, aussi la princesse lui dit :

— Isabeau vous secondera, car j'ai bien peur que Marie-Anne ne vous épuise.

— Oh, non, madame, je... protesta Mme de Maillé-Brézé.

— Je le souhaite. Elle a été formée pour l'enseignement et saura s'y prendre avec cette enfant dont l'intelligence s'éveille déjà.

Je remerciai la princesse pour la confiance qu'elle me témoignait. Elle soupira :

— Il n'y a que les enfants pour me réconcilier avec le mariage.

Quelques jours plus tard, le prince entra dans la chambre de son épouse. Toutes les dames présentes se levèrent et lui firent la révérence. Il se dirigea vers le lit, baisa la main de sa femme, qui lui dit :

— Louis, voici Isabeau de Marsanne. Elle a été pieusement élevée dans la Maison Royale d'éducation de Saint-Louis, et Mme de Maintenon me l'a recommandée pour veiller sur notre fils.

Le visage baissé, je plongeai dans une nouvelle révérence.

Lui, par contre, ne se priva pas de me reluquer, et je sentis la brûlure de son regard sur ma gorge dénudée.

J'avais eu du mal à m'habituer à ce décolleté, mais j'avais dû abandonner ma pudeur pour me plier à la mode. Mme de Luynes m'avait présenté quelques tenues qui me paraissaient toutes trop colorées, trop apprêtées, trop vaporeuses. Elle s'était moquée de moi :

— Voulez-vous donc faire honte à madame en gardant vos habits misérables ?

Je l'avais donc laissée décider pour moi. Je n'avais aucun goût pour les vêtements, mais lorsque j'avais mis ma première jupe de soie, mon premier bustier brodé agrémenté de manches de dentelle, j'avais éprouvé une joie presque enfantine. Le miroir m'avait renvoyé l'image d'une belle demoiselle et, l'étonnement passé, je m'étais surprise à sourire à mon reflet.

— Oh... ricana le prince. Une Colombe de Sa Majesté !

Mes joues s'enflammèrent.

— Oui. Une Colombe, insista la princesse.

— Aussi timide et pure que ce bel oiseau, reprit le prince en saisissant mon menton dans sa main pour me forcer à lever le visage.

Puis, il se détourna de moi comme à regret et dit à son épouse :

— Alors, madame, quand allez-vous nous le faire, ce fils !

— Bientôt, monsieur, si Dieu le veut.

— Hâtez-vous, car je pars à la guerre pour servir le Roi et me couvrir de gloire.

Il lui baisa à nouveau la main et se retira.

J'eus un instant l'impression qu'il n'était entré dans la chambre que pour me voir.

CHAPITRE

17

Lorsque la princesse fut proche de son terme, on la transporta à Versailles. Une princesse de sang se devait d'accoucher sous le même toit que le Roi. On était à la mi-août et la chaleur était insupportable. On nous octroya quatre minuscules pièces dans le château, où nous nous entassâmes. Je dormis avec Marie dans une soupente où logeaient déjà trois filles d'honneur de Mme de Maintenon.

Cela me donna l'occasion de la revoir.

— Comment vous acquittez-vous de votre tâche, Isabeau ? s'enquit-elle un jour qu'elle rendait visite à la princesse.

— Mme la duchesse semble satisfaite de mes services.

— Je n'en attendais pas moins de vous.

— Puis-je vous demander des nouvelles de ma sœur Victoire ?

— Je n'ai rien entendu de mal à son sujet. C'est donc qu'elle va bien.

C'était peu, mais je m'en contentai.

J'attendais sans impatience la venue de l'enfant dont je serais la gouvernante. Je m'occupais déjà avec grand plaisir de Marie-Anne, qui délaissait Mme de Maillé-Brézé pour passer le plus clair de son temps avec moi. Je lui apprenais des comptines de mon invention où se succédaient les chiffres, les couleurs ou les fleurs. Sa gouvernante me prenait pour une folle et assurait :

— Vous perdez votre temps, les enfants ne peuvent rien comprendre avant six ou sept ans !

Mais moi je voyais bien le regard de Marie-Anne s'éclairer lorsque je comptais sur ses minuscules doigts ou que je lui nommais les couleurs de ses robes ou le nom des fleurs qui ornaient les parterres des jardins.

Le jour où, en désignant l'étoffe de sa jupe, elle balbutia en écorchant le *r* : « rose », sa mère la serra dans ses bras avec emportement et me félicita.

La princesse accoucha le 18 août 1692 d'un fils que l'on prénomma Louis-Henri.

C'était un gros bébé joufflu et braillard. Lorsqu'il

le vit, son père, qui arrivait tout juste des Flandres où il s'était distingué à la bataille de Steinkerque[1] gagnée contre les Anglais, s'extasia :

— Celui-là est un vrai Condé, il saura hurler ses commandements sur les champs de bataille !

Comme le veut la tradition, les gens de qualité se pressèrent pour féliciter les heureux parents et admirer l'enfant.

C'était à moi que revenait l'honneur de le présenter dans son berceau, et pour m'en remercier, on me faisait un présent. La nourrice qui avait été engagée pour nourrir l'enfançon avait le même privilège. On m'avait informée de cette tradition, mais je ne m'attendais pas à une telle avalanche de douceurs, bijoux et étoffes. Le prince de Condé m'offrit un collier de trois rangs de perles.

— C'est le présent d'un prince à la plus belle et douce des gouvernantes, me dit-il en me baisant la main.

Le cadeau trop somptueux et la phrase trop ambiguë me mirent dans l'embarras et je bredouillai :

— Je vous remercie, monsieur. Je n'ai d'autre ambition que de bien servir votre fils.

— Et moi, madame, moi aussi il me faut bien servir, insista-t-il.

Je rougis, et profitant de ce que Louis-Henri s'agitait dans son berceau, j'appelais la remueuse[2] et la

---

1. Bataille de Steinkerque (3 août 1692) : victoire contre les forces anglaises et hollandaises commandées par le roi d'Angleterre, Guillaume d'Orange.
2. On appelait ainsi la femme chargée de remuer un enfant.

nourrice afin qu'elles s'en occupassent et afin, surtout, que je ne fusse plus seule avec le prince.

Il quitta aussitôt la pièce, et j'en fus grandement soulagée, mais je compris qu'à l'avenir je devais éviter d'être seule avec lui.

Durant les quarante-deux jours où la princesse resta dans sa chambre à la suite de ses couches, je ne la quittai pratiquement pas. Je lui apportais son fils pour qu'elle le caressât, je lui faisais la lecture, nous jouions aux cartes avec les autres dames, nous écoutions de la musique, et il nous arrivait de chanter des cantiques que j'avais appris à Saint-Cyr et que je leur enseignais. La princesse, qui les trouvait fort beau, voulut que je les apprisse à Marie-Anne. Ce me fut un agréable prétexte pour passer plus de temps avec la fillette. Bien qu'elle n'en comprît pas le sens, je réussis à lui apprendre les deux vers d'un refrain. Sa mère en eut les larmes aux yeux et ne tarit pas d'éloges sur mes méthodes d'enseignement. Mme de Maillé-Brézé me lança un regard assassin. Elle avait sans doute peur d'être renvoyée. Cela me peina car je n'avais nulle intention de lui voler sa place.

Cependant, l'affection que me portait la princesse et mon titre de gouvernante du jeune duc Bourbon me firent bénéficier de beaucoup de privilèges dont, à dire vrai, je me serais bien passée.

Ma protectrice aimait se divertir et voulait m'avoir à ses côtés en tout lieu. C'était au détriment, me semblait-il, de mon rôle de gouvernante. Et comme j'essayais un soir de le lui faire remarquer le plus adroitement possible, elle me répondit :

— Voyons, Isabeau, la nourrice et la remueuse suffisent pour l'instant à satisfaire Louis-Henri, alors que moi, j'ai vraiment besoin de vous !

— C'est que, madame, mon éducation me porte peu vers les sortes de... de plaisirs que vous affectionnez.

— Justement. Il est triste qu'à votre âge vous n'ayez connu que la messe et un peu de théâtre. Je voudrais vous faire découvrir autre chose.

Je montrai sans doute ma contrariété par une moue du visage, car elle éclata de rire.

— Vous verrez que s'amuser aide à supporter bien des choses !

Cependant, je ne pouvais m'empêcher de penser que, pour plaire à cette princesse, je m'éloignais de mon rêve, et cela m'était un véritable déchirement. Parader dans les salons, danser, écouter de la musique, jouer aux cartes n'était que temps perdu ! Cela ne me ressemblait pas. Je tâchais d'y faire bonne figure mais je n'y étais point à l'aise. Changer chaque soir de robe, de coiffure, de bijoux m'ennuyait, et c'est la princesse qui s'amusait à me métamorphoser en belle jeune fille.

— Comment allons-nous nous vêtir pour ce bal à Versailles ? me demandait-elle.

Elle n'attendait point de réponse, car c'était elle qui choisissait pour moi. Elle aimait à jouer avec les tissus, les broderies, les dentelles, et c'était elle qui conseillait la couturière pour transformer une ancienne robe en y ajoutant un volant ici, des rubans là, changeant un plastron uni pour un plastron fleuri, coupant les manches ou au contraire les rallongeant. Elle ne portait que du neuf. Je me contentais de ses anciennes robes. Cela me suffisait, car j'étais si peu habituée à la nouveauté que je les trouvais toujours trop belles pour moi.

Marie m'enviait :

— Quelle chance tu as ! J'aimerais bien, moi aussi, être de toutes les fêtes !

Je ne savais quoi lui répondre car je ne comprenais pas l'engouement qu'avait la princesse pour ma modeste personne.

— Ah, Marie, si je pouvais faire en sorte que madame se détourne de moi et reporte son attention sur vous, je m'y emploierais de toutes mes forces, car, vous le savez, je n'ai aucune joie à parader à la cour.

— Quand moi je donnerais dix ans de ma jeunesse pour y être !

— Et pourtant, rien n'est plus fatigant et vain.

— On doit tout de même y rencontrer beaucoup de gens de qualité...

— Voulez-vous dire des gentilshommes ?

— Heu... oui, c'est cela, se troubla mon amie.

— Ce n'est pas ce qui manque, en effet, mais ils me paraissent tous ennuyeux, prétentieux et sots !

— Vous exagérez, Isabeau.

— Sans doute et cela prouve bien que ces divertissements ne sont point à mon goût.

— Et ils seraient fort au mien, soupira mon amie. J'ai ouï dire que vous aviez fait la conquête de M. de Bazan, seigneur de Flamanville.

Je rougis. Effectivement, à un bal qui avait été donné voici quelques semaines à Chantilly, dans le château de la famille de Condé, M. de Bazan m'avait demandé toutes les danses. La princesse m'avait encouragée à les accepter :

— Il est riche, veuf, sans enfant, le Roi l'apprécie, et il n'a que cinquante ans !

— Vous savez bien, madame, que le mariage ne m'intéresse pas. Je veux devenir dame de Saint-Louis.

— Vous ne le serez pas puisque vous êtes la gouvernante de mon fils et que je vous veux à mon service. Mais j'ai à cœur de vous établir par un bon mariage qui vous mettra à l'abri du besoin.

Cette femme était incroyable. D'un côté elle se

plaignait d'être soumise aux lois d'un mariage qui la répugnait, et d'un autre, elle me poussait dans les bras d'un homme. Je ne savais que penser de cette attitude. Voulait-elle me voir souffrir comme elle afin que nos deux vies soient à jamais liées ? Il ne me semblait pas qu'elle fût aussi machiavélique. Alors ?

Je n'étais pas en position pour discuter ses décisions. Je lui devais obéissance. J'espérais, si je m'étais bien conduite, qu'après avoir élevé Louis-Henri jusqu'à l'âge de sept ans[1], sa mère m'autoriserait à reprendre ma place à Saint-Cyr.

Il me suffisait d'être patiente.

1. C'est à cet âge que les garçons quittaient gouvernante et nourrice pour recevoir un enseignement donné par des hommes.

CHAPITRE

18

Après m'avoir battu froid pendant quelques mois, Mme de Maillé-Brézé m'accueillait maintenant avec plaisir. En effet, elle profitait de ma présence auprès de Marie-Anne pour quitter discrètement l'appartement et aller se laisser conter fleurette par le valet de chambre du prince. Elle m'avoua un jour, tremblante et rose d'émotion, sa coupable passion. Je lui assurai qu'elle pouvait compter sur ma discrétion, d'autant qu'elle était veuve et qu'elle ne faisait de tort à personne. Cette complicité entre nous scella notre amitié et, malgré son âge, c'était elle mon obligée.

— Si à mon tour je peux vous rendre un quelconque service, me dit-elle, n'hésitez pas.

Nous habitions le plus souvent à Saint-Maur.

Cependant, il me fallut m'habituer aux nombreux changements de résidence. Et moi qui n'avais jamais voyagé à part pour venir de ma Provence à Saint-Cyr, je fus un peu désorientée.

Parfois, nous allions passer quelques jours au château de Chantilly, propriété de la famille Condé.

Il y avait là quantité de gens de qualité venus faire leur cour au prince Henri-Jules de Bourbon-Condé. Le train de vie était luxueux, plus qu'à Saint-Maur, car les enfants du prince, ses familiers, rivalisaient entre eux afin d'être celui que l'on remarquerait le mieux. On s'y pressait autant qu'à Versailles, et les fêtes y étaient aussi somptueuses.

À l'automne, pour la chasse, nous allâmes à Vallery, un charmant château aux portes de la Bourgogne.

Vallery était une demeure campagnarde qui me rappelait, par sa taille, la maison de mon enfance en Provence. Je m'y sentais plus à l'aise que dans le faste de Chantilly. La princesse ne partageait pas mon sentiment.

— Je déteste la chasse, me disait-elle, et je déteste la campagne. Tout y est triste et sale. Le seul avantage, c'est que nous sommes à quelques lieues de Fontainebleau. Lorsque Sa Majesté y séjourne, je peux rejoindre la cour en une heure de voiture, alors qu'il faut parfois deux heures pour aller de Saint-

Maur à Versailles tant les routes autour de la capitale sont encombrées.

À Vallery, j'eus vraiment l'impression de redécouvrir le sens du mot « liberté ». Celle que j'avais enfant, lorsque je pouvais courir dans les champs, cueillir des fleurs, aller ici ou là sans contrainte. Je partageais ce bonheur avec Marie-Anne, et c'est souvent fourbues, crottées, mais contentes, que nous regagnions le château, une couronne de feuillage roux dans les cheveux. Nous évitions alors de croiser la princesse avant de nous être changées.

Mme de Maillé-Brézé me grondait :

— Je ne vois pas quelle joie on peut éprouver à se transformer en souillon !

— Je m'amuse beaucoup avec Isabeau, protestait Marie-Anne.

— Pour sûr, elle est aussi enfant que vous !

— Non, car elle m'apprend aussi le nom des arbres, des fleurs et de toutes les bêtes que nous voyons.

Mme de Maillé-Brézé soupirait en levant les yeux au plafond, mais elle couvrait nos escapades comme je couvrais les siennes.

Un après-dîner, je fis pourtant une mauvaise rencontre.

La princesse et ses deux enfants posaient devant un peintre venu faire leurs portraits. Dans la pièce, les dames d'honneur brodaient en bavardant tandis que les violons jouaient pour distraire tout le monde.

La promenade que j'aimais faire avec Marie-Anne était compromise, et c'était fort dommage car il faisait un temps magnifique. Je levai un instant les yeux de mon ouvrage pour regarder par la fenêtre. Je dus soupirer un peu trop fort, car la princesse me dit :

— Isabeau, pour l'heure, je n'ai pas besoin de vous.

Je lui fis la révérence avant de me retirer.

— Mettez un masque, me conseilla-t-elle, le soleil d'automne est perfide et gâte le teint.

Je détestais les masques et n'en portais jamais, sauf lorsque j'accompagnais la princesse, car elle ne faisait pas un pas à l'extérieur sans se protéger le visage.

Je passai à la garde-robe et quittai ma tenue de salon pour une jupe plus sobre, puis je m'enveloppai dans une mante à capuche afin d'être à l'abri du vent s'il venait à se lever. Après quoi je sortis du château, traversai le parc et m'avançai dans la forêt. Deux jours auparavant, Marie-Anne et moi avions découvert dans un bosquet touffu une biche et son faon, et je voulais essayer de les apercevoir à nouveau car le spectacle était fort touchant.

J'avançais, humant l'incomparable parfum des sous-bois, lorsque l'aboiement des chiens courant le cerf et le galop des chevaux m'alertèrent. Le prince était à la chasse. Jamais je n'aurais dû m'éloigner du parc. Il n'était pas prudent d'être dans les parages, je pouvais tout aussi bien être bousculée par la meute que piétinée par les chevaux.

La peur me paralysa à l'endroit même où je me trouvais.

Les chiens se rapprochaient, je les vis s'engouffrer dans un taillis sur les traces d'un cervidé.

La minute d'après, un cheval se cabra devant moi. Je me protégeai le visage de mon coude replié et, déséquilibrée, je chutai à la renverse en poussant un cri apeuré.

Le cavalier descendit de sa monture, tandis que trois ou quatre autres cavaliers qui l'escortaient s'arrêtaient près de lui.

— Encore une souillon qui vole du bois sur mes terres ! s'exclama-t-il mécontent. Je vais lui montrer ce qu'il en coûte d'interrompre une course aux cerfs !

Ces acolytes éclatèrent d'un rire grivois.

Je soulevai le capuchon de ma mante pour découvrir le visage de l'homme qui avait parlé : c'était le prince de Condé.

Soudain, il me reconnut et s'étonna :

— Mademoiselle de Marsanne ? Que diable faites-vous seule dans la forêt ?

— Je... je me promenais.

— Allons, ces taillis ne sont point pour une demoiselle... Sauf si elle a rendez-vous avec un galant.

— Oh, non, monsieur, me défendis-je.

Il inspecta les alentours du regard, puis ordonna à ses gens :

— Reprenez la chasse et abattez-moi ce cerf ! Je vous rejoins !

Les cavaliers piquèrent des deux et disparurent.

Il attacha son cheval au tronc d'un arbre et me dit d'une voix qu'il s'efforçait de rendre caressante :

— Eh bien, nous voilà tous les deux à présent. Vous savez que je vous ai toujours trouvée à mon goût. L'occasion est venue de me prouver que j'ai eu raison de vous accueillir dans ma maison.

J'essayai la discussion pour l'éloigner de son funeste projet.

— C'est à la princesse, votre épouse, que je dois cet honneur.

— Si je le lui avais défendu, elle ne vous aurait point choisie, car je suis le maître chez moi.

Il me prit la main, la serra violemment, et commença de l'autre l'exploration de ma poitrine. En un éclair, je compris le dilemme auquel je me trouvais confrontée : soit je luttais pour lui échapper, sachant qu'il se vengerait de cette humiliation en me faisant renvoyer, soit je lui cédais, mais la honte me ferait mourir.

Dans les deux cas, j'étais perdue.

Les aboiements des chiens, qui s'étaient estompés, me parurent plus proches et, tout à coup, surgit, à quelques mètres de nous, un cerf affolé. Le prince lâcha ma main et monta sur son cheval tandis que le cerf reprenait sa course. Bientôt d'autres chasseurs arrivèrent. L'un d'eux lança :

— Monseigneur, cette bête joue avec nos nerfs !

— Elle est à moi ! s'écria-t-il.

Avant d'éperonner sa monture, il se tourna vers moi et me dit d'un ton que je n'oublierais jamais :

— Vous ne perdez rien pour attendre, mademoiselle ! Je vous aurai, aussi sûr que je vais abattre ce cerf !

Dès que les chasseurs eurent disparu, je regagnai le plus vite possible l'abri du château. Haletante, échevelée, sale et humiliée, je rejoignis ma chambre sous les toits pour me laver et me changer.

Comment allais-je pouvoir continuer à assurer mon rôle auprès de la princesse et de son fils en craignant, à chaque instant, de tomber sur le prince ?

CHAPITRE

19

Je confiai à Marie ma triste aventure.

Contrairement à ce que je pensais, elle ne fut pas outrée et me rétorqua :

— Plaire à un prince est un grand honneur et ne procure que des avantages.

— Voyons, Marie, répliquai-je, il s'agit du mari de madame, et ce serait la trahir que de céder à son époux.

— Il y a longtemps que madame ne se fait plus d'illusions sur la fidélité de son époux. Et elle préférera qu'il la trompe avec vous qu'elle connaît et apprécie qu'avec n'importe quelle gourgandine de bas étage.

— Comment... comment... pouvez-vous dire une chose pareille !

— Je dis ce que tout le monde sait.

— Mais c'est... c'est monstrueux ! Et je n'ai pas du tout envie d'être la maîtresse de monsieur, ni de personne d'ailleurs !

— Réfléchissez, Isabeau. Vous êtes célibataire. Votre situation est donc précaire. Si madame vous renvoie sur l'ordre de monsieur, vous n'aurez aucune ressource et vous risquez de finir à la rue, et là, vous serez obligée de vendre vos charmes pour survivre.

— Oh, Marie, le tableau que vous me peignez est bien lamentable !

— Je ne cherche pourtant pas à vous désespérer mais à vous montrer où est votre intérêt.

— Voulez-vous dire que... que vous-même... vous...

— Oui... C'était l'année de mes quinze ans pendant le carnaval. Je venais juste d'entrer au service de la princesse, et nous étions parties en masque danser dans les rues de Paris, comme c'est la tradition. Quelques demoiselles d'honneur et moi fûmes prises en chasse par un groupe d'arlequins et de pierrots. Un gentilhomme m'isola sous un porche et abusa de moi. Je réussis à lui arracher son masque : c'était monsieur le prince. Lorsqu'il me reconnut, il me quitta précipitamment. Il était gêné d'être tombé sur moi dont les parents ont toujours servi loyalement la famille de Condé. Le lendemain, un de ses valets vint m'offrir de sa part une paire de boucles d'oreilles en diamants. Je ne les porte jamais, mais si un jour je suis dans le besoin, je pourrai les vendre pour assurer ma subsistance pendant quelque temps. Vous êtes la première personne à qui je parle de cette aventure.

— Le prince a-t-il fait de vous sa... sa maîtresse.

— Non. Ma famille est honorablement connue à la cour, et le prince n'a sans doute pas voulu ternir ma réputation et m'empêcher de trouver un bon parti.

— Pour moi, hélas, il n'en est pas de même. Ma famille est sur ses terres en Provence et n'est jamais venue à Versailles faire sa cour, alors... le prince a le champ libre.

— Ne vous désespérez pas. Monsieur le prince change plus souvent d'idée que de chemise. Il suffira d'éviter sa présence pour qu'il jette son dévolu sur une autre[1] !

Je suivis ses conseils.

Je ne sortais plus seule dans le parc et encore moins dans la forêt. Les premiers jours, lorsque le prince venait saluer son épouse et que j'étais dans la pièce, je me levais pour lui faire la révérence et je gardais ostensiblement le visage baissé pour éviter de croiser son regard. De ce fait, j'ignorais s'il

1. Pour qu'il fixe son choix sur une autre.

m'avait regardée avec envie, colère ou indifférence, et c'était très bien ainsi.

Je m'acquittais le mieux possible de ma tâche de dame d'honneur et de gouvernante. De cette façon, si le prince cherchait à me faire renvoyer, son épouse lui opposerait un refus au motif que je la servais avec zèle.

Nous passâmes les fêtes de Noël à Saint-Maur dans le plus profond recueillement.

Les chants de la nativité que nous interprétions dans la chapelle de Saint-Cyr me manquèrent. Nous entendîmes pourtant les plus beaux chants du monde, interprétés par des chœurs d'enfants et de jeunes incommodés [1], mais cela m'attrista, car il me sembla que Dieu allait m'en vouloir de ne pas l'honorer de ma voix, moi aussi. Je le priai de toute mon âme pour que monsieur le prince se détournât de moi, et ce fut un peu rassérénée que je sortis de la chapelle.

À ce moment-là, un gentilhomme ôta son chapeau, s'inclina devant moi et me dit :

— Mademoiselle, souffrez que je dépose mes hommages à vos pieds.

M. de Bazan ! Je l'avais oublié.

La bienséance voulait que je fisse comme si je n'avais rien entendu. Cependant la princesse, qui

1. C'est ainsi que l'on appelait les castrats (qui venaient d'Italie pour la plupart). Les castrats ont une voix aiguë, comme celles des sopranos.

était quelques pas devant moi, prit sans façon le bras de mon soupirant et le gronda :

— Monsieur de Bazan, vous nous avez laissées trop longtemps sans nouvelles, et nous nous languissions de vous !

« Pas du tout », avais-je envie de dire. Mais bien évidemment, il ne m'appartenait pas d'exprimer mes sentiments en public.

— C'est que, madame, je suis au service du Roi, et nous devons livrer bataille pour lui conserver son royaume.

— J'ai ouï dire que vous vous y étiez brillamment conduit.

— Servir le Roi et la France, madame, donne du courage.

— Et le Roi n'étant pas un ingrat, il a largement récompensé votre bravoure.

— En effet.

— Vous voilà donc le plus heureux des hommes.

— Ah, madame, la gloire ne suffit pas à me combler ! se lamenta-t-il en me coulant un regard aussi chaud que la braise.

Depuis le début de cette conversation j'étais mal à l'aise, d'autant qu'elle se déroulait au vu et au su de tous les gens qui sortaient de la chapelle.

— Certes, mon ami, mais la conquête d'un cœur est parfois plus difficile que le siège d'une ville, répondit la princesse avec humour.

Je rougis. M. de Bazan ne se troubla pas pour autant.

— À ce jour, à force de travail et de patience, je suis venu à bout de toutes les places fortes.

La princesse éclata de rire. Elle me tapota le bras et ajouta :

— Celle-ci est des plus difficile à conquérir !

Puis se penchant vers M. de Bazan, elle lui murmura :

— Vous avez mon appui.

Elle ponctua sa phrase d'un clin d'œil à mon intention.

M. de Bazan balaya le sol des plumes de son chapeau et s'éloigna enfin.

La princesse reprit sa marche en direction de ses appartements et, dès que nous y fûmes, elle me tança[1] :

— Isabeau, je vous prierai de faire meilleure figure à M. de Bazan. C'est un gentilhomme de grand mérite, et il est très épris de vous.

Je baissai la tête comme une servante que l'on aurait surprise les mains dans la confiture.

— Si tel n'avait pas été le cas, je lui aurais proposé Marie, mais je sens bien que c'est inutile, c'est vous qu'il veut et personne d'autre.

— C'est que... madame...

— Oui, je sais, répliqua-t-elle sèchement, vous voulez enseigner et ne vous point marier. Mais vous

1. Réprimander, gronder.

pouvez faire les deux, ma fille. Ainsi vous serez établie, vous satisferez ce brave Bazan et vous continuerez à être la gouvernante de Louis-Henri et aussi celle de Marie-Anne, qui s'est entichée de vous. Cet avenir vous déplaît-il tant que cela ?

— Oh, non, madame...

— Eh bien, voilà qui est fait ! J'annoncerai à M. de Bazan que vous êtes en meilleure disposition pour sa proposition de mariage, et j'écrirai à votre père pour obtenir son accord.

Je restai sans voix. Ainsi, il avait suffi d'une réponse négative à une question pour que mon avenir fût scellé ! J'étais anéantie. La princesse, elle, était d'humeur joyeuse.

— Venez, dit-elle à ses dames d'honneur, prenons un verre de cet excellent vin d'hipocras[1] et buvons aux futures noces d'Isabeau.

Je ne pus, et, les yeux brouillés de larmes, je quittai précipitamment la pièce.

Il était fort tard dans la nuit lorsque Marie me rejoignit dans notre cave glaciale. Je ne dormais pas, n'ayant pas réussi à calmer mes pleurs.

— Madame est fâchée contre vous, me dit-elle.

— Je m'en doute. Pourtant, malgré toute l'affection que j'ai pour elle, je n'ai pas pu supporter qu'elle me marie sans que j'aie mon mot à dire.

— Vous avez eu tort.

1. Vin doux sucré dans lequel on faisait infuser plusieurs épices (cannelle, clous de girofle, poivre, etc.).

— Eh bien, mariez-vous vous-même ! m'écriai-je soudain, exaspérée. Cela satisfera madame, qui aime jouer les marieuses !

— J'y songe en effet, me répondit mon amie.

— Avec... avec M. de Bazan ? l'interrogeai-je, incrédule.

— Que nenni ! Avec Grégoire Truchet, une cornette[1] de l'armée de M. le prince ! Il a juste vingt ans. Il est de bonne famille et fort courageux. Dans quelques années il serait lieutenant.

— Vos parents sont d'accord ?

— Je ne leur en ai pas encore parlé, mais nous nous aimons très fort et...

— Vous le connaissez depuis longtemps ?

— Je l'ai rencontré dans le parc voici une semaine... mais c'est comme si nous nous connaissions depuis toujours.

Son bonheur et sa naïveté m'émurent. Je n'eus pas le cœur de lui rappeler que nous n'étions pas maîtres de nos sentiments, que j'en étais la preuve et que peut-être ses parents lui avaient choisi un autre parti.

Je soupirai, et c'est elle qui reprit :

— Je sais ce que vous pensez. Mais je tiendrai bon. Je ne veux pas d'autre époux que lui.

— Alors, vous comprenez que, de mon côté, je ne veuille pas épouser M. de Bazan, car ma vocation n'est pas dans le mariage mais dans l'éducation des enfants.

1. Celui qui porte l'étendard de la compagnie.

— Pour sûr, je vous comprends... Pourtant, il vous sera difficile d'aller à l'encontre des vœux de madame.

— Je voulais écrire à mon père pour le supplier de refuser cette union, mais dans un précédent courrier, ma mère m'informait que mon père, ne supportant pas d'être ruiné, se laissait mourir de chagrin...

— M. de Bazan acceptera peut-être d'aider votre famille ?

— Oh, tout est si difficile que je ne sais plus que faire !

Nous finîmes par nous endormir blotties l'une contre l'autre pour nous réchauffer.

J'avais eu du mal à me faire à l'exiguïté de la pièce, qui n'avait ni cheminée, ni fenêtre, ni point d'eau. Nous étions loin des lieux communs, et il nous fallait, pour les atteindre, emprunter un couloir étroit qui zigzaguait pour desservir des dizaines de caves imbriquées les unes dans les autres. Habituée à la propreté et aux commodités de Saint-Cyr, je ne m'étais pas attendue à une telle promiscuité et à un tel manque d'hygiène.

— Et encore, m'avait dit Marie, ne nous plaignons pas d'être loin des lieux communs, car ceux qui en sont près ne peuvent plus respirer tant l'odeur est insupportable.

Pendant l'hiver, les murs, qui habituellement

suintaient d'humidité, s'étaient recouverts de glace, et nos draps étaient si raides de froid que nous couchions dessus tout habillées, roulées dans des couvertures que nous emportions avec nous au matin pour les empêcher de moisir. Pour tempérer l'atmosphère, nous brûlions plusieurs chandelles, mais comme il n'y avait aucune aération et que le plafond était bas, la fumée qui s'accumulait nous faisait tousser.

Le mieux était donc de se coucher immédiatement et de dormir.

CHAPITRE

20

Après le recueillement de Noël, il y eut carnaval :
le seul moment de l'année où tout était permis.

Entre les murs de Saint-Cyr, carnaval se limitait à
des représentations théâtrales, à quelques danses et
farandoles, et je n'avais aucun souvenir des carna-
vals de mon enfance dans la Provence.

Marie, elle, parfaitement au courant des coutumes
de carnaval, m'expliqua :

— Tu verras, on ne sait plus qui est qui, c'est très
amusant. Les hommes se déguisent en femmes, les
femmes se vêtent en hommes, les riches jouent les
manants, et les pauvres s'habillent, pour un soir, si
richement qu'on les croit nobles.

— N'est-ce point... dangereux ?

— Si fait. Il faut bien choisir ses partenaires et les

lieux où l'on va... et puis, à dire vrai, danser en masque, sans savoir avec qui, est très excitant...

— Je ne crois pas que je goûte ce genre de divertissement !

— Oh, toi, tu ne vas pas nous gâcher le plaisir avec tes comportements... de nonne !

Sa pique me blessa, et je lui répondis assez sèchement.

— As-tu oublié le carnaval de tes quinze ans ?

— Je ne veux plus y penser. À présent, c'est différent, Grégoire sera avec moi et il me protégera. L'hiver est si long et si triste... Carnaval nous donne l'occasion de nous amuser, et ce serait pécher de ne point en profiter !

Je ne partageais pas son enthousiasme, car je craignais que le Prince, qui ne se gênait déjà pas en temps normal, en profitât pour chercher à me nuire sans que je pusse m'en plaindre.

Afin d'être le moins souvent possible en sa présence, je décidai de trouver des prétextes pour ne point assister aux bals.

Pour l'un d'eux, je restai avec Marie-Anne tandis que Mme de Maillé-Brézé partait danser avec son amoureux ; pour l'autre, je me « sacrifiai » et assurai la garde de Louis-Henri, tandis que la nourrice et la remueuse allaient s'amuser ; pour le troisième, je prétendis un flux de ventre.

Quant au quatrième, je fis mine de me tordre la cheville en sortant du carrosse, ce qui m'obligea à demeurer assise toute la soirée. Cela fit le bonheur de M. de Bazan, qui, déguisé en berger, ne me quitta pas. Il m'apportait rafraîchissements, douceurs, vin doux, avec une bienveillance qui finit par m'attendrir. Il me parla de notre avenir, et ce qu'il me fit miroiter était assez agréable. Je lui parlai de mon souhait d'enseigner, qui me semblait incompatible avec le mariage. Il m'assura qu'il n'était pas hostile à mon projet et que je pouvais tout aussi bien enseigner à des demoiselles à l'extérieur de Saint-Cyr et qu'il m'y aiderait.

Il ne doutait pas que notre mariage serait une réussite. Je ne lui avouai pas que l'idée même me répugnait. À la fin de cette soirée, nous nous séparâmes bons amis.

Madame finit pourtant par s'étonner de mes absences à ces nombreux bals :

— Isabeau, vous n'avez vraiment pas eu de chance de ne pouvoir assister à toutes ces fêtes où nous nous sommes tant diverties. Pour clore la période de carnaval, Sa Majesté nous invite à un grand bal à Versailles. Je veux que vous y soyez.

— C'est-à-dire que...

— Je n'accepte aucun prétexte, ou alors je vais penser qu'être à mon service vous déplaît.

— Oh, non, madame, c'est que... je n'ai point l'habitude des fêtes et...

— Il est vrai qu'à Saint-Cyr on ne vous y a pas préparée. Pourtant, être à l'aise dans le monde fait partie de l'éducation des filles, et M. de Bazan vous saura gré de bien représenter sa maison lorsque vous serez mariés.

Madame fit venir couturières, tailleurs, modistes pour que l'on nous confectionne des tenues. Elle avait décidé que nous serions toutes déguisées en fleurs. Les huit dames d'honneur choisirent en se chamaillant. Plusieurs voulaient être en rose ou en lys, d'autres refusaient d'être en violette ou en lilas, qui est la couleur du deuil. Le narcisse et la renoncule avaient quelques volontaires. Je ne montrai aucun intérêt pour un quelconque costume. La princesse me gronda :

— Isabeau, carnaval est pour tous, et j'y veux de la gaieté ! Que diriez-vous d'être une marguerite, symbole de simplicité ?

Celle-là ou une autre... J'acceptai.

Marie se voulut en myosotis, tandis que la princesse choisit la rose rouge.

— La reine des fleurs ! se vanta-t-elle.

Quelques jours avant le bal, nous fîmes les essayages dans une joyeuse cacophonie.

Ma jupe était de taffetas vert, et des dizaines de pétales d'organdi blanc fixés par une perle lui donnaient une belle ampleur. Le bustier brodé d'arabesques or était splendide. Dans les cheveux, on me piqua des marguerites de soie, et je cachai mon visage par un loup de soie blanche frangé d'or.

— Vous êtes superbe ! me félicita Marie, qui était fort jolie dans une robe de moire bleue, brodée de fils d'argent.

La tenue de la princesse était de loin la plus belle : le rouge cramoisi du velours, la dentelle de France et les broderies d'or rehaussaient sa beauté, et c'était sans compter les dizaines de rubis qui parsemaient sa coiffure. Un loup rouge complétait sa tenue.

— Mesdemoiselles, s'écria-t-elle lorsque nous fûmes toutes déguisées, nous serons le plus charmant parterre de fleurs de Versailles !

— On nous remarquera certainement, minauda la dame d'atour, car d'aussi jolies fleurs en plein hiver n'est pas chose habituelle !

Cette repartie nous fit rire. L'ambiance était à la gaieté, et je la partageai comme si mes soucis s'étaient endormis pour me laisser savourer la fête.

Le grand jour arriva enfin.

Plusieurs carrosses quittèrent Saint-Maur pour Versailles. Leur nombre m'étonna.

— Croyez-vous donc que nous serions les seules à

nous rendre à l'invitation du Roi ? se moqua la princesse. Mon époux et ses amis y seront aussi, et certainement M. de Bazan.

Une douleur me crispa le ventre, et l'angoisse remplaça la joie qui m'habitait quelques minutes auparavant.

À l'approche du château, il y avait tant de voitures, calèches, carrosses, chaises à porteurs, litières, que nous n'avancions plus. Il faisait un froid intense et, malgré les fourrures qui nous couvraient les jambes, j'avais la sensation que mes pieds gelaient dans mes chaussures de satin.

— Oh, si nous n'arrivons pas bientôt, je vais me transformer en fleur de glace ! plaisanta la dame d'atour.

Louise-Françoise étant la fille de Louis XIV, notre carrosse eut le privilège d'accéder à la cour Royale illuminée de candélabres et nous déposa devant la porte. Cela nous évita de marcher sur le sol verglacé ou de louer une chaise à porteurs comme étaient obligés de le faire ceux dont le rang ne leur permettait pas d'entrer dans la cour.

Dans les salles éclairées de milliers de bougies, une foule joyeuse déguisée, parée, masquée, parfumée se pressait. C'était à la fois diablement excitant et assez inquiétant de croiser des gens sans savoir qui ils étaient. Pour moi, c'était surtout angoissant. Cependant, pour me réconforter, je me dis que si je ne pouvais reconnaître le prince parmi tous ces Turcs, sauvages, arlequins, médecins, jardiniers, diables ou corsaires, lui non plus ne pouvait pas me reconnaître parmi les colombines, fleurs de toutes sortes, anges célestes, bouquetières et déesses.

Les musiciens entamèrent une courante.

Ce n'était point une danse que nous avions apprise à Saint-Cyr et, craignant un faux pas, je restai dans mon coin. Un jardinier s'inclina alors devant moi et, me prenant la main, il me dit d'une belle voix grave :

— Une jolie fleur comme vous ne doit pas rester seule.

Il m'entraîna, et je pris beaucoup de plaisir à cette danse.

La soirée se poursuivit joyeusement. J'en avais même oublié mes soucis.

Curieusement d'ailleurs, M. de Bazan ne vint pas m'importuner. À moins que ce fût le jardinier ou le corsaire à qui j'avais accordé plusieurs danses. Dans ce cas, c'était assurément un gentilhomme, car il avait respecté carnaval en ne dévoilant pas son identité.

Le jeu qui nous amusa le plus fut d'essayer de deviner qui était le Roi. Nous savions qu'il était parmi nous, mais les masques et les costumes étaient si luxueux que nous ne parvenions pas à savoir derrière lequel se cachait Sa Majesté.

À un moment, un Turc s'inclina devant moi. Il portait un pantalon bouffant sous une longue chemise ceinte d'une large ceinture cramoisie, et sur la tête un turban où étincelait un énorme rubis. L'allure de ce personnage, la richesse de sa mise me firent penser qu'il s'agissait du Roi. C'est émue et tremblante que j'acceptai de danser un menuet avec lui.

Il le dansa fort bien, puis il me prit la main et me conduisit dans la pièce où étaient dressées des tables contenant des piles de massepains, de pâtes sucrées, de confitures sèches, de fruits confits et des vases de liqueur et de vin doux.

Sans parler, il me choisit le plus luisant des fruits et me l'offrit. Je mordis avec gourmandise dans la chair mordorée de la poire. Je ne savais pas si je devais m'exclamer : « Sire, je vous ai reconnu ! » pour satisfaire sa vanité de roi, ou continuer à jouer avec lui dans l'anonymat.

Je me tus. Il reprit ma main et, fendant la foule, nous traversâmes les salles où les gens qui ne dansaient pas mangeaient, bavardaient, jouaient au billard ou aux cartes. Il ne salua personne et ne s'arrêta pas avant d'atteindre une porte dissimulée dans la boiserie.

Là, un doute cruel me saisit. Je voulus retirer ma main de la sienne. Il accentua sa pression, et je ne pus la bouger. Je me retournai à la recherche d'un regard secourable, mais personne ne fit attention à moi.

Que devais-je faire ?

Crier ?

S'il s'agissait de Sa Majesté, cela ferait un esclandre dont je paierais les frais.

— Monsieur, je vous en prie ! suppliai-je.

Il ouvrit la porte, me tira sans ménagement derrière lui et poussa le verrou.

Nous étions dans une pièce aussi sombre qu'un four, car aucun bougeoir ne l'éclairait. J'étais prisonnière. L'identité de l'homme qui m'avait entraînée là s'imposa aussitôt à moi.

— Monsieur le prince de Condé ?

Un éclat de rire me répondit.

C'était lui.

Il me renversa sur le tapis et entreprit de relever ma jupe, mais je me défendis si violemment, le frappant de mes poings, lui donnant des coups de pied, hurlant à pleins poumons, que je ne lui rendis pas la tâche facile.

Il jura, pesta et me dit :

— Inutile de jouer les sauvageonnes. La musique couvre votre voix. Ce soir, ma belle, vous serez à moi de gré ou de force !

J'étais perdue.

Tout à coup, on toqua à la porte. Il ne répondit pas. On insista. Il me bâillonna de la main et cria :

— Passez votre chemin, c'est un prince qui vous l'ordonne !

Mais on toqua plus fort, et une voix d'homme cria :

— Monsieur, si vous êtes un homme d'honneur, je vous somme d'ouvrir ou je fais enfoncer la porte.

Furieux, le prince se redressa.

— Ce gredin ignore à qui il a affaire ! Mettez un peu d'ordre dans votre tenue. Et pas un mot où il vous en coûtera cher.

Le prince ouvrit. Trois hommes en masque et autant de dames étaient là. J'aperçus Marie dans sa robe myosotis. Titubante de peur et de honte, je me dirigeai vers elle. Je devais avoir piètre allure. J'étais toute décoiffée, ma jupe était froissée, et j'avais même perdu des pétales d'organdi en me débattant.

Celui qui semblait diriger le groupe était le corsaire avec qui j'avais dansé plusieurs fois.

— Madame, me dit-il en s'inclinant profondément, vous êtes libre.

Je reconnus sa voix : c'était Bazan. Je ne lui répondis pas afin de ne pas me trahir. Tous ces gens devaient supposer qu'un gentilhomme avait sali mon honneur, l'affront serait plus supportable s'ils ignoraient mon identité. Mais je mis dans mon regard, qui seul était visible sous le loup, mon immense gratitude.

— Monsieur ! tempêta le prince, vous avez interrompu une conversation galante et vous m'en répondrez !

— Alors, c'est que mes oreilles m'ont trahi, car si j'en juge par les cris de la dame, elle n'appréciait pas trop vos... belles paroles, se moqua M. de Bazan.

Le groupe des curieux grossissait. Ils semblaient être tous du côté de M. de Bazan, dont l'humour les amusait.

— Vous ne savez pas à qui vous avez affaire ! reprit le prince.

— Mais... à un Turc !

Les gens pouffèrent de rire.

Ne pouvant dévoiler sa véritable identité sans perdre la face, le prince rompit là le discours et s'éloigna à grands pas.

Le spectacle étant terminé, les badauds retournèrent qui vers le buffet, qui à la danse. Je me retrouvai seule avec M. de Bazan et Marie. Fort heureusement, le masque cachait la rougeur de la honte qui empourprait mon visage.

— Merci, monsieur, bredouillai-je.

— Je suis comblé, mademoiselle, d'avoir pu vous tirer de ce mauvais pas. J'avais vu cet homme vous entraîner dans ce boudoir, et il m'avait bien paru que vous n'étiez point consentante.

— Vous m'avez sauvée d'une bien pénible situation et je...

— Je n'ai fait que mon devoir de gentilhomme, auquel s'ajoute le grand bonheur de savoir que j'ai aussi sauvé ma future épouse.

Ainsi donc, il m'avait reconnue.

Soudain une rose pourpre surgit devant nous.

— Seigneur ! s'écria la princesse. On vient de m'informer qu'une marguerite a failli être violentée par un goujat !

— Il n'en est rien, car ce monsieur est venu à mon secours.

M. de Bazan s'inclina. Je pense qu'il savait qui était cette rose et qu'elle savait qui était le corsaire. Mais il est certain que personne n'osa l'informer que l'ignoble Turc était son époux.

— Ah, monsieur, cet acte vous honore ! s'exclama-t-elle. Je gage qu'à présent cette marguerite vous est tout acquise.

Je passai le reste de la soirée aux côtés de M. de Bazan — me faisant petit à petit à l'idée qu'il serait mon mari. Accepter d'être sa femme était une façon de lui prouver ma reconnaissance.

CHAPITRE

21

À dire vrai, l'avenir que j'entrevoyais ne me satisfaisait pas. Le présent n'était pas mieux.

Quelques jours après ce bal à Versailles, la princesse m'annonça :

— M. de Bazan vient d'être chassé de la cour.

Je pâlis.

— Mon époux m'a informée qu'il avait commis un acte ayant fortement déplu à Sa Majesté. Il a ordre de demeurer sur ses terres.

Ainsi le prince avait mis sa menace à exécution !

— Vous comprendrez donc que, pour l'heure, votre projet de mariage soit annulé. Je me refuse à vous laisser avec un homme que le Roi vient d'exiler. Qui aurait cru que M. de Bazan puisse un jour déplaire au Roi ? J'espère qu'il fera tout pour entrer en grâce rapidement. Et vous, ma chère, il ne vous reste plus qu'à être patiente, à moins que je ne vous déniche un autre parti.

Je sortis rompue de cette conversation.

Il m'était impossible d'avouer à la princesse le véritable motif de la disgrâce de M. de Bazan sans dénigrer[1] le prince, son époux.

Moi qui ne rêvais que d'une existence calme, je semais le désordre autour de moi et je ne me le pardonnais pas. Depuis ma sortie de Saint-Cyr tout allait de travers.

Je ne parvenais plus à m'intéresser aux progrès de Louis-Henri, ni à jouer avec Marie-Anne, qui me le reprochait tendrement :

— Vous ne m'aimez plus, Isabeau ?

— Si, si mon ange... mais j'ai des soucis.

— Il faut en parler à maman, elle vous aidera.

— Non. Il ne faut rien dire à votre maman. On doit toujours s'efforcer de cacher ses tracas, c'est la première des politesses. Il faudra vous en souvenir.

— Je le ferai, par amour de vous, me répondit cette charmante enfant.

J'étais bonne pour donner des conseils... mais je ne parvenais pas à les suivre.

Je ressassais tant mes problèmes, leur cherchant en vain une solution, que je n'en dormais plus. Au matin, je me levai encore plus fatiguée que la veille.

1. Critiquer, dire du mal.

J'avais aussi perdu l'appétit et je maigrissais à vue d'œil. Je palliai[1] cet inconvénient en demandant à la couturière de reprendre mes bustiers pour que ma gorge, serrée par l'étoffe, donnât l'illusion d'être abondante. Mais j'étais si comprimée que je respirais avec difficulté.

Un matin, alors que je me préparais pour mon service, Marie me dit en laçant mon corset :

— Isabeau, vous dépérissez !

— Vous vous trompez... J'avais pris trop d'embonpoint, et cela me gênait pour courir derrière Marie-Anne !

— Voyons, ne mentez pas. Je vois bien que vous ne mangez plus et, la nuit, je vous entends vous retourner sur votre couche !

Je baissai les armes et j'admis :

— C'est que je n'ai plus goût à rien.

— C'est bien ce qui me semblait. Il faut vous raisonner, sinon vous allez tomber malade.

— J'essaie. Cela ne change rien. J'ai... j'ai l'impression que quelque chose s'est cassé en moi et que rien ni personne ne peut le réparer.

— Madame elle-même s'est rendu compte de votre état.

— Seigneur ! Aurait-elle appris que c'est le prince qui...

— Cela se pourrait... Les mauvaises langues sont partout. Mais vous connaissez la délicatesse de cette

1. Apporter une solution provisoire.

princesse, même si elle en a le cœur déchiré, elle ne le montrera pas et fera tout pour atténuer votre souffrance à vous... et je crois bien qu'elle a trouvé le moyen de vous distraire de votre triste humeur.

— Cela m'étonnerait... À moins que M. de Bazan recouvre la liberté tout en renonçant à m'épouser et que M. le prince soit devenu aussi chaste qu'un moine bénédictin !

— Pour exaucer ces vœux-là, mon amie, il n'y a que Dieu ! Mais j'en connais un autre qui devrait vous plaire.

— Lequel ?

— C'est un secret que j'ai promis de ne pas trahir. Vous serez fixée dans l'après-dîner.

— Vous m'intriguez.

— C'est le but. Peut-être accepterez-vous ainsi de manger un peu... car pour bien apprécier cette surprise, il faut que vous soyez alerte et présentable.

J'avais confiance en Marie. Pourtant, pendant mon service de la matinée rien ne me permit d'imaginer ce qu'allait me réserver l'après-dîner. Je passai du temps à apprendre une poésie à Marie-Anne et je surveillai la tétée de Louis-Henri. Madame ne vint pas visiter ses enfants, je ne la vis donc point.

Comme je le faisais souvent, je dînai avec Marie-Anne et sa gouvernante, et cette fois je me laissai entraîner par la gourmandise de la petite et avec elle, en riant, j'avalai de grandes cuillerées de confiture de roses et plusieurs massepains. Il y avait des semaines que je n'avais point mangé d'aussi bon appétit.

Mme de Maillé-Brézé me le reprocha :

— Vous vous conduisez comme si vous aviez cinq ans !

Je repris mon sérieux.

— Excusez-moi, madame, c'est que ce jourd'hui j'avais besoin de rire comme une enfant... mais cela ne se reproduira plus.

Vers trois heures de relevée [1], je me rendis, comme à l'accoutumée, dans le salon bleu, où madame réunissait ses dames pour lui tenir compagnie. Elle m'accueillit gentiment :

— Ah, Isabeau, prenez votre mante, nous partons pour les vêpres. Nous y prierons pour que le froid cesse. S'il se poursuit, la moitié des gens n'y survivront pas.

— Allons-nous à Notre-Dame ? demandai-je, car il me parut qu'aller à Paris pouvait être la distraction promise.

— Non, point. Mais vous ne serez pas déçue.

Madame, sa dame d'atour, Marie et moi, emmitouflées dans des mantes doublées de fourrure, montâmes dans un carrosse qui s'ébranla sans que j'en connusse la destination.

Je soulevais de temps à autre le rideau de cuir qui

1. Trois heures de l'après-midi.

occultait la fenêtre afin de nous protéger des regards et du vent froidureux. Cela amusa la princesse, qui se moqua gentiment :

— Essayez de deviner...

Rapidement, je me rendis compte que nous n'entrions pas dans la capitale.

— Nous allons à Versailles afin d'assister à l'office avec Sa Majesté, proposai-je.

— Peut-être, peut-être... chantonna-t-elle.

Versailles. Et si c'était pour y rencontrer Charlotte ou Louise[1] ?

Je pensais souvent à elles, imaginant que la première avait peut-être réalisé son rêve de vivre à la cour avant de rejoindre son fiancé[2] et que la deuxième avait sans doute fini par être reconnue par le Roi son père. Durant le bal de carnaval j'avais regretté un moment que nous soyons masquées, car cela m'avait empêchée de reconnaître mes amies si par hasard je les avais croisées.

Un instant je songeai que c'était la surprise que m'avait réservée madame et je m'en réjouis.

Las, le carrosse ne s'arrêta point à Versailles.

Il poursuivit sa route. Alors, une idée folle me fit battre le cœur, et je lançai sans y croire :

— Saint-Cyr ?

La princesse, assise à mon côté, me serra dans ses bras.

— Oui, Saint-Cyr. En êtes-vous contente ?

1. Voir *Le Secret de Louise*.
2. Voir *Charlotte, la rebelle*.

— Oh, madame, rien ne pouvait me procurer plus de joie !

Notre voiture cahotait sur le chemin pavé lorsque brusquement elle fit une embardée qui nous projeta les unes contre les autres, tandis que des cris affolés me glaçaient les sangs. La princesse mit le nez à la fenêtre et s'informa auprès du cocher :

— Valentin, que se passe-t-il ?

— C'est que, madame, une gamine s'est jetée sous les chevaux et...

La princesse ouvrit la portière, et je vis une femme agenouillée, un enfant dans ses bras, tandis qu'un troisième gisait à terre.

— Toinette ! Toinette ! Réponds-moi ! hurlait la pauvresse.

Sans attendre le marchepied, je sautai sur le sol pour lui porter secours. Et là, je reconnus, sur le dos de ce que j'avais cru être une femme mais qui en réalité était une fillette d'une douzaine d'années, la cape des demoiselles de Saint-Cyr. Ma cape, celle que j'avais donnée l'hiver précédent à une fillette à qui Mme de Maintenon avait fait l'aumône d'une soupe. La fillette me reconnut aussi car, calant sur ses hanches l'enfant en haillons qu'elle portait, elle s'agenouilla devant moi et me baisa le bas de la robe. Je la relevai aussitôt et l'interrogeai :

— Que s'est-il donc passé ?

— Nous marchions sur le bord du chemin, ma

sœur Toinette a fait un écart juste comme votre voiture arrivait.

Je m'agenouillai près de la petite, allongée sur l'herbe glacée. Elle ouvrit les yeux. Je lui tâtai les bras, les jambes et lui tendis ma main pour l'aider à se relever, ce qu'elle fit d'un mouvement leste.

— Vous n'avez rien de cassé ? m'inquiétai-je.

— Non, madame.

— Dieu soit loué ! s'exclama sa sœur. Nous allons jusqu'à la Maison Royale d'éducation. En passant par-derrière et en rusant, j'arrive à me glisser jusqu'aux cuisines, et là, parfois, on me donne du pain sec ou quelques restes de nourriture... Mais parfois aussi, il n'y a rien parce que nous sommes nombreux à venir mendier.

J'étais parfaitement mal à l'aise. Cette enfant me rappelait que, sans la charité du Roi et malgré mes origines nobles, je serais peut-être moi aussi réduite à la mendicité, puisque mes parents étaient ruinés.

— Venez, m'interpella la princesse, nous sommes déjà en retard.

— Mais, madame, je ne peux laisser ainsi ces enfants.

La princesse sortit quelques pistolets [1] de sa bourse et me les remit. Je la remerciai et les offris à la petite. Puis, dans un élan incontrôlé, je les embrassai toutes les trois et leur promis :

1. Un pistolet = une demi-pistole. Une pistole = 40 livres.

— Je ne vous oublierai pas... Je... je vais voir ce que je peux faire pour vous.

— Merci, madame, me répondit la petite.

Et je vis tant d'espoir dans ses yeux que j'en eus le cœur chaviré.

Lorsque je repris ma place dans le carrosse, la princesse me dit :

— Ah, Isabeau, vous avez un cœur d'or !

— Oh, non, madame, s'il était en or je le vendrais pour que ces pauvres enfants aient un toit, de la nourriture et un peu d'instruction.

La princesse posa une main sur mon genou dans un geste dont la tendresse me toucha.

CHAPITRE
22

Quelques minutes plus tard, nous franchissions le portail et pénétrions dans la cour Royale. Les deux jeunes postillons sautèrent vitement de l'arrière du carrosse pour sortir le marchepied et ouvrir la portière. J'avais l'impression d'arriver chez moi.

La mère supérieure s'avança pour accueillir la princesse.

— C'est un honneur et une joie de vous recevoir, madame.

Lorsqu'elle m'aperçut, elle me sourit et, s'adressant toujours à la princesse, elle poursuivit :

— Nous espérons que Mlle de Marsanne vous donne toute satisfaction.

— En effet, et ceci grâce à l'éducation qu'elle a reçue dans cette maison.

La supérieure accepta le compliment, et, inclinant modestement la tête, elle ajouta :

— Si vous voulez bien me suivre jusqu'à la chapelle, nos filles y sont déjà, et l'office va commencer.

Nous avançâmes dans le long corridor.

Tout ici m'était familier : la nudité et l'humidité des murs dont je connaissais chaque pierre, ainsi que le calme et la sérénité de ce lieu. J'aurais pu me diriger les yeux fermés.

Lorsque nous pénétrâmes dans la chapelle, je sentis tous les regards se tourner vers nous. Je me disais que Victoire, Olympe, Henriette et Jeanne devaient me voir. Je brûlais d'envie de les apercevoir moi aussi, pourtant, je gardai les yeux modestement baissés pour respecter le lieu saint. La supérieure nous conduisit dans une stalle à côté de l'autel où nous nous assîmes. C'était la première fois que je voyais la chapelle de ce côté-ci, et elle me parut différente.

Le prêtre entra bientôt pour célébrer la messe, tandis que les chœurs interprétaient un chant d'entrée. Je m'autorisai alors à chercher le visage de Victoire dans l'allée réservée à la classe rouge. Je la vis immédiatement. Elle avait les yeux fixés sur moi et un sourire sur les lèvres. Je lui souris à mon tour et mon cœur s'emplit de joie. Je retrouvai ensuite mes amies dans la classe bleue. Un regard suffit à me prouver qu'elles ne m'avaient pas oubliée. J'aurais voulu être parmi elles, pouvoir les toucher, chanter avec elles, mais je savais que c'était impossible. J'avais quitté Saint-Cyr, je ne devais plus me mêler aux autres.

Afin de ne pas me laisser submerger par la nostalgie, je priai pour les pauvres enfants qui venaient de croiser ma route pour la deuxième fois. J'y vis là un signe du ciel, qui ne voulait pas que je les abandonne à leur triste sort. Comment faire ? Il ne me l'indiquait pas. C'était à moi de trouver.

— Seigneur, aidez-moi, montrez-moi le chemin, suppliai-je.

J'étais si absorbée par ma prière que le magnifique chant de départ entonné par mes compagnes me surprit. Aussitôt je cherchai Victoire parmi les petites rouges, qui sortaient en rang de la chapelle. Je l'aperçus de dos.

Allais-je enfin la voir, lui parler, l'embrasser ?

— Venez, me dit la princesse, nous allons prendre une boisson chaude avant de repartir.

— Déjà ! ne pus-je m'empêcher de lâcher.

Elle ne me répondit pas.

Nous suivîmes la mère supérieure jusqu'à son bureau où brûlait un agréable feu de cheminée. Une sœur nous apporta du vin chaud à la cannelle, mais j'étais si désespérée que je me contentai de serrer le gobelet entre mes mains pour les réchauffer.

On toqua à la porte.

— Entrez ! ordonna la mère supérieure.

Je me retournai. Victoire était là. Alors, oubliant toute retenue, je me précipitai vers elle en criant :

— Victoire !

Je la serrai dans mes bras tandis que mes larmes de joie se mêlaient aux siennes.

— Que voilà un tendre tableau ! s'exclama la princesse.

Les questions se pressaient sur mes lèvres ; pourtant, la pudeur m'empêchait de les formuler devant l'assistance, et je me contentai de la bercer contre moi en balbutiant :

— Je suis si heureuse de vous voir, si heureuse...

Comprenant sans doute mon sentiment, la princesse demanda :

— Ma mère, j'aimerais visiter votre apothicairerie. Depuis quelques jours, je souffre de maux de tête, et on m'a dit que la menthe associée au thym pouvait me soulager.

— Certes, la sœur apothicairesse vous conseillera.

— Laissons là ces jeunes filles, elles ont sûrement des choses à se conter.

La mère supérieure fronça les sourcils, mais n'osant pas contrarier la princesse, elle dit cependant à la sœur qui avait accompagné Victoire :

— Je vous confie ces demoiselles.

Après quoi, elle suivit la princesse, sa dame d'atour et Marie, qui quittaient la pièce.

La jeune sœur tendit les mains vers la cheminée. Je guidai Victoire dans l'angle opposé et, séchant ses larmes de mon mouchoir, je l'interrogeai :

— Comment allez-vous ? Il me semble bien que vous avez maigri.

— Un peu. C'est que je languis [1].

— Il faut être courageuse, Victoire. Vous êtes ici pour votre bien. Apprenez, soyez pieuse, sage et...

— Et qu'est-ce que cela m'apportera ? Sans vous, devenir dame de Saint-Louis ne m'intéresse pas. Vous m'aviez juré de ne jamais me quitter !

— Hélas, les grands décident pour nous.

Elle renifla, s'éloigna un peu de moi et poursuivit :

— Vous aussi vous avez maigri.

— Ce... ce n'est rien. De la fatigue.

Elle était trop jeune pour partager mes soucis, et je les gardai par-devers moi.

— Je ne vous crois pas. Vous n'êtes pas heureuse parce que vous avez renoncé à votre rêve.

— C'est vrai, consentis-je, mais c'est la vie.

— Eh bien, elle est fort triste.

— Ne dites pas cela, Victoire. Vous n'avez ni faim ni froid, et vous êtes instruite aux frais du Roi. J'ai croisé tout à l'heure trois orphelines qui n'ont pas votre chance.

1. Souffrir d'être séparé de quelqu'un.

— Oh, Mme de Maintenon est si bonne qu'elle les accueillera sans doute à Saint-Cyr.

— Non. Saint-Cyr est réservé aux demoiselles de la noblesse.

— Que vont-elles devenir alors ?

Je soupirai, car c'était cette même question qui me taraudait.

— Votre princesse est-elle très riche ? me demanda-t-elle à brûle pourpoint.

— Elle est la fille du Roi, et son époux est l'héritier d'une des plus riches familles du royaume.

— Alors, si elle a du cœur, elle ne peut pas laisser ces pauvres enfants sans secours.

— Elle leur a donné une poignée de pistolets.

J'entendis des pas dans le couloir. Notre entretien allait prendre fin. Je serrai Victoire contre moi et je l'embrassai. Pour la réconforter, je lui dis :

— Ici au moins, vous êtes à l'abri. Je vais faire tout mon possible pour que nous nous revoyions vite. Soyez courageuse.

Elle s'éloigna un peu de moi et m'assura d'une voix ferme :

— Je le serai.

Dès que le carrosse sortit de la cour, je soulevai le rideau de cuir pour essayer d'apercevoir les trois fillettes.

— Vous cherchez vos protégées? m'interrogea la princesse.

— Oui, madame. J'ai peine à penser que pendant que je serai au chaud et bien nourrie, ces enfants vont avoir froid et faim.

— Je leur ai remis de l'argent.

— Certes et je vous en remercie, mais il leur manquera toujours l'instruction. Et cela personne ne le leur apprend.

— Et... vous aimeriez que ce soit vous, me dit soudain la princesse.

— Oui, madame... je crois que c'est ce pourquoi Dieu m'a mise sur la terre.

— Et l'éducation de Louis-Henri et de Marie-Anne?

— Toutes les fées se sont penchées sur leurs berceaux. Ils sont beaux, intelligents, en bonne santé, et ils sont de sang royal. Et même si j'éprouve une sincère affection pour eux, ils n'ont pas vraiment besoin de moi.

La princesse fit la moue. J'eus peur de l'avoir fâchée et je repris :

— Enfin, je veux dire qu'une autre gouvernante ferait tout aussi bien que moi.

— Ainsi, vous êtes prête à sacrifier une existence facile et agréable au sein de ma maison pour... pour instruire des miséreux?

— Oui, madame.

Sans doute offusquée par mon audace, la dame d'atour émit un curieux grognement. Marie, elle, me serra la main.

Le silence s'installa dans l'habitacle et, malgré l'air glacial, une bouffée de chaleur m'empourpra. N'étais-je pas allée trop loin ?

— Ce vin chaud me monte à la tête, murmura soudain la princesse, après quoi elle ferma les yeux.

La dame d'atour et Marie me lancèrent des regards inquiets, mais nous n'échangeâmes pas un mot afin de ne pas déranger la princesse. Je doutais pourtant qu'elle puisse s'être assoupie tant nous étions secouées par les cahots du chemin et les grincements des essieux. Elle ne desserra plus les dents jusqu'à notre arrivée à Saint-Maur, et l'angoisse de lui avoir déplu me mit dans un tel état que, lorsque je descendis du carrosse, je chancelai.

— Allez vous reposer, me conseilla-t-elle, toutes ces émotions vous ont éprouvée.

L'orgueil me retint de me jeter à ses pieds pour implorer son pardon, et c'est la mort dans l'âme que je regagnai ma cave. Je m'allongeai tout habillée, sans même délacer mon corset, et les sanglots me submergèrent. Tard dans la nuit, la fatigue m'emporta dans un sommeil lourd et agité.

CHAPITRE

23

La princesse ne fit jamais état de cette conversation, et je m'imaginai qu'elle l'avait oubliée.

Le cruel hiver avait fait place à un printemps frileux. Les grains avaient gelé dans le sol, beaucoup d'arbres avaient péri, et on contait qu'à Versailles les orangers, pourtant à l'abri dans l'orangerie, avaient eux aussi souffert du froid. On comptait par milliers les pauvres qui n'avaient pas survécu à cet hiver mémorable et par centaines les enfants qui se retrouvaient orphelins.

L'angoisse ne m'avait pas quittée.

J'appréhendais toujours de rencontrer le prince alors que j'étais seule dans une pièce, et entendre des pas d'homme tandis que j'étais dans notre cave me mettait dans tous mes états. Marie me raisonnait :

— Voyons, Isabeau, je ne pense pas que monsieur s'acharne sur vous ! Pour un bijou ou un quelconque honneur toutes les filles sont prêtes à lui céder.

— Justement, ce qui l'amuse, c'est que je me refuse à lui. Et il joue avec moi comme le chasseur joue avec la biche... Il me traque en sachant bien qu'un jour ou l'autre je serai à sa merci.

— Vous n'avez pas tort...

— Sur un quelconque prétexte, il peut me faire appeler dans ses appartements, et je serai bien obligée d'y aller... Oh, j'en suis malade par avance !

J'étais aussi fort triste que M. de Bazan fût exilé par ma faute. Il n'était coupable que d'avoir voulu me sauver des griffes du prince, et chaque jour je me disais que je devrais demander audience au Roi pour, à mots couverts, lui exposer la situation et obtenir le retour en grâce de M. de Bazan. Mais le courage me manquait. Libre, M. de Bazan voudrait m'épouser, et je n'en avais pas envie.

Ma santé ne se méliorait pas.

Je n'avais plus goût à rien. Je mangeais peu et dormais mal.

Je regrettais la protection de la Maison Royale d'éducation, l'existence sereine que j'y avais menée avec la chaleureuse présence de mes amies et de ma sœur.

À quoi bon vivre si c'était pour ne rien faire de sa vie ?

Car lire des romans, m'occuper d'une petite fille et d'un garçonnet ne suffisaient pas à me combler. J'avais rêvé d'autre chose. Et mon rêve ne prenant pas forme, je dépérissais.

Un après-dîner, la princesse me fit appeler afin que je lui fisse la lecture.

— Isabeau, j'ai une mauvaise nouvelle, me dit-elle dès que je fus assise à son côté.

Aussitôt mon cœur s'emballa.

Victoire était-elle gravement malade ? À moins qu'il ne s'agît de mes parents. En effet, depuis plusieurs semaines je n'avais point reçu de courrier d'eux.

— M. de Bazan vient de se marier.

— De... de se marier ? répétai-je.

— Je partage votre stupeur. Voilà un monsieur qui m'affirmait qu'il éprouvait pour vous de véritables sentiments et qui, quelques mois après son exil, épouse Mlle de Vigarelle.

J'étais si soulagée d'apprendre qu'une partie de mes tracas prenaient fin que je restai bouche bée. La princesse, quant à elle, était furieuse.

— Mlle de Vigarelle ! Une sucrée [1] qui est loin d'être aussi jolie que vous et qui a déjà passé les trente ans ! Seulement, elle est fille unique et aura bientôt l'héritage de son père ! Et M. de Bazan n'a pas résisté à agrandir ses biens !

1. Mijorée.

Elle soupira et enchaîna :

— Il y va un peu de votre faute ! Il aurait fallu être moins farouche... et faire en sorte que vos fiançailles soient annoncées publiquement. Ainsi, il aurait été engagé.

Ne sachant comment lui avouer que tout ce qui la catastrophait me ravissait, je ne pipai mot.

Elle insista :

— Et vous ne dites rien ! Ah, Isabeau, j'admire votre désintéressement et votre sagesse ! Si pareille aventure m'était arrivée, je crois bien que j'aurais arraché la perruque de ce goujat et que je l'aurais piétinée !

L'image me fit sourire. La princesse avait du caractère, et je ne doutais pas que c'est effectivement ce qu'elle aurait fait.

— Pour moi, madame, le mariage de M. de Bazan avec une autre n'est pas un malheur. Vous savez bien que cette union ne me satisfaisait pas, car j'entends me consacrer à l'éducation des enfants.

— Ah, vous alors, quand vous avez une idée en tête ! gronda-t-elle.

L'agacement de sa voix me troubla. Elle parut réfléchir un instant puis me confia :

— Dans le fond, je ne sais si je dois vous blâmer. La condition d'épouse n'est pas toujours une sinécure [1]. Je suis enceinte pour la troisième fois et je n'ai pas encore vingt ans ! Mon époux assure sa descen-

1. Situation de tout repos.

dance, et tandis que je vais grossir et m'enlaidir il me trompera sans vergogne [1].

C'était la première fois que la princesse m'ouvrait ainsi son cœur.

— Moi, je n'ai pas eu le choix. J'étais, en somme, le cadeau du Roi, mon père, à la famille Condé afin de se l'attacher et d'effacer par ce mariage le pénible souvenir de La Fronde [2]. J'ai ainsi le rang, les honneurs et la richesse... mais pour les sentiments...

La peine que je perçus dans sa voix me toucha, et je lui assurai :

— Vos enfants vous aiment, madame, et toutes vos dames aussi.

— Certes, murmura-t-elle.

Puis pour rompre cette conversation qui s'engageait sur un terrain glissant, elle s'exclama en se forçant à la gaieté :

— Eh bien, lisez-moi donc un de ces romans où l'amour galant triomphe de tous les obstacles, cela me changera les idées.

Je commençai la lecture du *Grand Cyrus* [3] avec un entrain que je n'avais pas éprouvé depuis longtemps. Car si je devais encore me méfier du prince, je n'aurais plus jamais à subir la cour de M. de Bazan.

Après une heure de lecture, pendant laquelle j'eus la nette impression que la princesse ne m'écoutait pas, elle m'arrêta d'un geste de la main.

1. Honte.
2. Troubles qui agitèrent la France pendant la minorité de Louis XIV. Pendant la Fronde, les Condés s'étaient opposés au Roi.
3. *Le Grand Cyrus*, roman de Madeleine et Georges de Scudéry, publié entre 1649 et

— Avez-vous toujours le projet d'enseigner aux enfants ?

— Oui, madame... Mais je n'ai aucun moyen pour le réaliser.

— M. de Bazan aurait pu vous y aider. Maintenant, évidemment...

Avait-elle un autre prétendant à me proposer ?

Cette pensée me tourmenta, et je m'empressai d'ajouter :

— Pour l'instant, enseigner à Marie-Anne et câliner Louis-Henri me comble.

— Ah, oui ? Vous m'aviez pourtant laissé entendre que cette tâche ne suffisait pas à votre bonheur.

Je ne savais que répondre.

— C'est-à-dire que...

— Laissez-moi, à présent, je suis lasse.

Je fis la révérence et je quittai la pièce assez mécontente de moi. La princesse avait été proche de moi pendant ses confidences et la minute d'après elle s'était refermée.

Qu'avais-je bien pu dire pour lui déplaire ?

CHAPITRE

24

Pendant plusieurs après-dîners, la princesse ne me manda pas auprès d'elle. J'en déduisis qu'elle était fâchée contre moi, et ne pas en connaître la raison m'inquiéta. Je demeurai donc dans les appartements des enfants, jouant avec eux ou apprenant l'alphabet à Marie-Anne. Mais je n'espérais qu'une chose : que la princesse m'appelât.

Marie, qui continuait à servir la princesse, m'expliqua un soir, alors que nous nous apprêtions à nous coucher :

— Madame est bizarre en ce moment...

— Sa grossesse sans doute.

— Non, elle n'est pas souffrante... mais bizarre... Depuis que nous sommes revenues de Saint-Cyr, elle a commencé par recevoir très souvent son confesseur.

— Il n'y a là rien d'étonnant. La princesse est très pieuse.

— Certes. Elle m'a même confié un soir après le départ de l'abbé Durefort : « Les grands de ce monde sont bien égoïstes quand il y a tant de misère autour de nous. Nous avons la chance de ne manquer de rien alors que certains manquent de tout. Il est temps que j'apporte ma modeste contribution à une œuvre charitable. Mon confesseur me le recommande pour le repos de mon âme. »

— Je ne vois rien là que de très normal.

— Oui. Mais depuis quelque temps, elle reste de longues heures enfermée avec un ecclésiastique que je n'avais jamais vu auparavant à Saint-Maur.

— Un nouveau confesseur ?

— Non. Sa dame d'atour m'a confié que ce nouveau prêtre était le curé de la paroisse de Saint-Cyr.

— Le curé de Saint-Cyr ? Que vient-il donc faire à Saint-Maur ?

Marie ne me répondit pas, mais je lus dans son regard que ces visites l'intriguaient autant que moi.

— Peut-être envisage-t-elle de... de vous renvoyer à Saint-Cyr ?

— La Maison Royale d'éducation n'est pas sous l'autorité du curé de la paroisse mais sous celle de la mère supérieure et surtout de Mme de Maintenon.

— C'est que... justement... j'ai ouï dire que la princesse se rendait souvent à Versailles pour y rencontrer la marquise.

Ces révélations me glacèrent le sang, et je me laissai tomber sur le seul pliant de la pièce.

Que se tramait-il encore dans mon dos ? Quelle décision allait-on m'imposer ? Ma vie allait-elle encore une fois être chamboulée ?

Je réfléchis un instant puis, afin de faire taire mes angoisses, je proposai :

— De toute façon, rien ne me fera plus de plaisir que de retourner à Saint-Cyr. J'y retrouverai ma sœur et mes amies ainsi que la vie sereine et pieuse que je n'aurais jamais dû quitter.

Mais cela me semblait si merveilleux que je doutais que cette hypothèse fût la bonne.

Et puis je ne comprenais pas le rôle que le curé de Saint-Cyr jouait dans mon retour à la Maison Royale d'éducation.

Il y avait donc une autre explication, sans doute moins idyllique...

Les jours passèrent.

Je n'avais pas vu madame depuis plus de deux semaines.

Je me cramponnais à l'affection que je portais à Marie-Anne et à Louis-Henri pour ne point sombrer complètement dans le découragement et perdre le peu de santé qui me restait. Je ne mangeais qu'à leur table pour faire plaisir à Marie-Anne et je ne dormais que pendant leur sieste, car la fillette voulait que je couche sur un lit pliant à côté du sien. C'était un caprice auquel je n'aurais jamais dû céder, mais elle était si touchante, si aimante, et j'avais un tel besoin d'affection que je n'avais pas eu le cœur de sévir.

Enfin, madame me fit appeler un après-dîner de mars.

On était le 22 de ce mois, et je m'en souviendrai toute ma vie.

Je choisis une robe de moire bleue, la couleur préférée de la princesse. Dans mes cheveux, je piquai un poinçon[1] garni de perles qu'elle m'avait offert pour me remercier des soins que je prodiguais à ces enfants. J'espérais ainsi lui prouver que je lui étais très attachée.

J'entrai dans sa chambre plus morte que vive en priant Dieu de me donner la force de ne point m'effondrer quoi que l'on m'annonçât.

Elle n'était pas seule.

À sa droite, Mme de Maintenon était assise. Debout à sa gauche, un prêtre et une femme vêtue fort simplement d'une robe brune agrémentée d'un

1. Bijou alors à la mode : sorte d'aiguille de tête.

plastron blanc, un voile de linon blanc sur les cheveux.

— Entrez, Isabeau, nous avons à parler, me dit la princesse.

J'avançai jusqu'au milieu de la pièce, puis je baissai la tête dans l'attente de la sentence.

— Ne vous inquiétez pas, ajouta la princesse, ceci n'est pas un tribunal, et ce que nous avons à vous annoncer devrait vous plaire.

Cette entrée en matière me détendit un peu.

— J'ai longuement discuté avec Mme de Maintenon, qui m'a fourni sur vous les meilleurs renseignements. Elle vous connaît bien et elle m'a encouragée dans mon projet.

Je décochai à la marquise un timide sourire de remerciement, tout en me demandant de quel projet il pouvait bien s'agir. Pourvu que ce ne fût pas le mariage avec un nouveau gentilhomme...

— J'ai ensuite longtemps étudié avec monsieur le curé de la paroisse de Saint-Cyr quel budget serait nécessaire pour que vous puissiez mener à bien votre mission. Je ne voulais pas qu'une si belle idée souffrît dès le départ d'un financement trop étriqué.

Ma mission ? Quelle mission ?

J'étais de plus en plus intriguée.

Je levai un regard interrogateur vers la princesse.

Elle me sourit. Et il me sembla bien qu'elle s'amusait de mon impatience.

Elle me désigna la dame à la robe brune et me dit :

— Madame Marbeau fait partie de la Compagnie des Filles de la Charité[1]. Avec cinq de ses compagnes, elle s'occupe d'une vingtaine d'orphelines sur la paroisse de Saint-Cyr. Mais si ces dames réussissent à les héberger, à les vêtir et à les nourrir, aucune d'entre elles n'a reçu assez d'instruction pour leur faire classe.

Une lumière s'illumina dans mon cerveau. Était-ce à moi que ce rôle allait incomber ? Je n'osais le croire. La princesse dut le lire sur mon visage, car elle reprit :

— Et c'est vous, ma chère Isabeau, que nous avons choisie pour cette importante mission.

— Moi ? bredouillai-je.

— Il me semble bien que c'est ce dont vous rêviez ?

— Oh, oui, madame, mais je...

— Ne me dites pas, après tout le mal que je me suis donné pour vous satisfaire, que vous avez changé d'avis ! plaisanta la princesse.

— Oh, non, madame... mais c'est si... si merveilleux... que je n'ose y croire.

La princesse éclata d'un rire frais.

— Pourtant, vous le pouvez. Tout est prêt pour vous accueillir. Enfin, presque... J'ai fait aménager

1. La Compagnie des Filles de la Charité a été fondée en 1633 par Vincent de Paul, qui en confia la formation à Louise de Marillac. Les Filles de la Charité ne vivent pas dans un monastère mais sont en contact permanent avec les plus pauvres, les malades, les orphelins.

un bâtiment appartenant à la communauté des Dames de Saint-Louis et que ma tante a eu la grande bonté de me céder. Il est pourvu d'un grand dortoir, d'un réfectoire, d'une cuisine et d'une salle de classe.

— D'une salle de classe, répétai-je.

— Parfaitement. Et hier, on y a livré des livres, du papier, des plumes, de l'encre, quelques jeux, des tables, des chaises, et même du bois pour la cheminée.

— Il y a longtemps que ce projet me tenait à cœur, ajouta Mme de Maintenon. Plusieurs fois, aux abords de Saint-Cyr, j'ai été sollicitée par des malheureuses me suppliant de prendre leur fillette dans notre maison. Je crois bien que lors d'une visite aux pauvres, nous en avons côtoyé une ensemble, n'est-ce pas ?

— Oui, Madame, je m'en souviens, acquiesçai-je.

— Eh bien, ne pas pouvoir accueillir ces fillettes sous notre toit parce qu'elles n'étaient point nobles me chagrinait profondément, alors lorsque Louise-Françoise m'a soumis son idée, je l'ai tout de suite jugée excellente. Ainsi, grâce à vous, ma chère Isabeau, aux portes de notre maison, des fillettes seront enfin instruites.

— Ah, Madame... c'est une telle joie pour moi de... que... enfin...

Je me jetai aux genoux de la marquise pour lui

baiser les mains et je fis de même pour remercier la princesse.

— Une voiture viendra vous prendre dès demain. La tâche est si lourde qu'il ne faut point perdre de temps, ajouta la princesse.

La jeune Fille de la Charité qui me parut n'avoir qu'un an ou deux de plus que moi s'avança et me serra doucement les mains.

— Nous vous attendions avec impatience. Les enfants ont tant besoin de vous !

Il me sembla bien qu'à ce moment-là le ciel — qui était gris — s'entrouvrit pour laisser passer un rayon de soleil. En tout cas, en quittant la pièce, j'avais envie de danser, de rire, de chanter.

La faim, brusquement, me tenailla l'estomac, et je fis un petit détour par les cuisines pour y quérir une cuisse de poulet, que je dévorai sous les yeux étonnés d'un marmiton.

Je me rendis ensuite dans le salon bleu, où je savais trouver Marie et les autres dames de compagnie, et je leur annonçai, toute guillerette :

— Je vais devenir maîtresse d'école !

Les cris d'étonnement, les questions fusèrent de toute part. J'y répondis de mon mieux.

— Ainsi, vous allez nous quitter... sans le moindre remords, se lamenta Marie.

— Je vous regretterai, Marie. Votre amitié m'a été

précieuse, et je ne vous oublierai pas. Mais je vais réaliser mon rêve...

— Je vous comprends. Je vous souhaite bonne chance et beaucoup de courage.

— Et moi, je vous souhaite beaucoup de bonheur avec M. Truchet.

— Merci. Lorsque nous nous marierons, je veux que vous soyez mon témoin en souvenir de notre amitié.

— Ce sera avec grand plaisir.

— Quelle drôle d'idée d'aller vivre parmi les pauvres alors que vous aviez ici l'existence agréable des gens bien nés. Les divertissements, les parures, les robes ne vont-ils pas vous faire faute ? me demanda Mme de Luynes.

— Oh, non. Tout cela me paraît si vain quand des enfants meurent de faim.

Ma remarque lui déplut, car elle se renfrogna. Mais cela ne ternit même pas ma joie.

Dans l'appartement des enfants, une tâche difficile m'attendait : dire au revoir à Marie-Anne et à Louis-Henri. J'embrassai tendrement le garçonnet avant de le confier avec mille recommandations à sa nourrice. Mais lorsque j'entrai dans la chambre de Marie-Anne, elle se précipita vers moi en me disant :

— Écoutez comme je sais bien ma poésie.

Elle me la récita à la perfection, tandis que des

larmes, que je ne pus contenir, coulaient sur mes joues.

— Qu'avez-vous ? s'étonna-t-elle.

— C'est que je vais devoir partir.

— Avez-vous fâché maman, et est-ce elle qui vous chasse ?

— Non point. Au contraire, votre maman est si bonne qu'elle m'offre une école pour que je puisse enseigner à des enfants pauvres.

— Vous n'avez pas le droit ! se fâcha-t-elle. C'est à moi et à moi seule que vous devez enseigner !

— Je regrette beaucoup de devoir vous quitter, pourtant je ne peux pas refuser d'accomplir la mission pour laquelle je suis née. Je ne vous oublierai point, Marie-Anne, vous avez été ma première élève.

Elle fondit en larmes et, se jetant dans mes bras, elle me dit :

— Moi non plus, Isabeau, je ne vous oublierai pas. Est-ce que je pourrai vous rendre visite ?

— Autant de fois que vous le voudrez.

— Alors ce sera souvent.

CHAPITRE

25

Les Filles de la Charité m'accueillirent à bras ouverts dans la petite maison qu'elles occupaient et qui jouxtait l'orphelinat. Toutes venaient de milieux forts simples. Deux sur six seulement savaient lire.

— Mais pour donner son cœur, son temps et son énergie aux pauvres, me dit une jeune fille aux joues rondes et rouges, pas besoin d'instruction.

— Certes. Pourtant, c'est grâce à l'instruction que nos fillettes sortiront de la misère, ajouta la plus âgée, c'est pour cela que nous avons besoin de vous, Isabeau. Et c'est un grand honneur d'accueillir parmi nous une demoiselle de qualité, élevée dans la Maison Royale d'éducation.

— Je vous en prie. Je ne veux plus entendre parler

de demoiselle de qualité. À présent, je suis une Fille de la Charité comme vous.

Après de rapides présentations, trois demoiselles partirent rapidement s'occuper des enfants, les trois autres me firent visiter l'orphelinat. Des ouvriers travaillaient encore à blanchir les murs du dortoir où une trentaine de lits étaient alignés sur deux rangées. C'est au réfectoire, devant un bol de lait, que je rencontrai mes élèves pour la première fois : vingt fillettes âgées de deux à quinze ans.

Lorsque je pénétrai dans la salle, la demoiselle qui les surveillait frappa dans ses mains. Les enfants se levèrent et, dirigées par le doigt de la surveillante, elles me dirent dans un chœur hésitant et zézayant :

— Bonjour, mademoiselle, bienvenue parmi nous !

C'était si charmant que les larmes m'en vinrent aux yeux.

Tout à coup, je remarquai une fillette qui me dévorait du regard. Je la reconnus immédiatement. C'était celle que j'avais croisée deux fois, dans le plus grand dénuement, autour de Saint-Cyr. Elle avait troqué ses haillons contre une robe simple et propre et portait sur la tête un petit bonnet blanc.

— Oh, madame, bredouilla-t-elle en plongeant dans une révérence maladroite, vous m'avez sauvée par deux fois de la faim et du froid... et maintenant on m'a dit que vous allez nous apprendre à lire et à écrire...

Je la relevai aussitôt et je lui caressai la joue.

— Je suis bien heureuse de vous savoir à l'abri, lui dis-je.

— Nous avons recueilli Madeleine et ses deux sœurs au début de la semaine, me dit une des Filles de la Charité. La petite dernière nous donne du souci, elle est si maigre ! Mais nous sommes très contentes de Madeleine, elle nous aide autant qu'elle le peut.

Le compliment éclaira le visage de la fillette d'un sourire. Je la trouvai particulièrement jolie.

Le jour même je fis la connaissance de mes élèves. Certaines ne parlaient que le patois, deux semblaient enfermées dans le mutisme, quand deux autres babillaient comme des pies. Je dus leur apprendre à rester assises plus de deux minutes, à garder le silence pour m'écouter et à répondre quand je les questionnais. Une Fille de la Charité me secondait.

Pourtant, une tâche à laquelle je ne m'étais pas attendue m'incomba rapidement.

J'étais allée voir la petite sœur de Madeleine, un nourrisson chétif prénommé Vonette, qui mangeait de façon si gloutonne les bouillies qu'on lui préparait qu'elle les vomissait puis pleurait à pleins poumons des heures durant. Je la sortis de son berceau pour la câliner. Elle s'arrêta immédiatement de pleurer. La Fille de la Charité qui en avait la charge me proposa de lui donner sa bouillie. Je le fis avec plaisir, et l'enfançon, jouant avec les boucles de mes cheveux, écoutant les chansonnettes que je lui fredonnais, mangea calmement.

Elle ne voulut bientôt pas d'autre nourrice que moi, aussi je m'attachai à elle comme si elle avait été mon propre enfant. Dès que mon activité de maîtresse d'école était terminée, je me précipitais pour langer, nourrir ou bercer Toinette.

Quinze jours après mon arrivée, j'avais recouvré mon appétit, le sommeil et ma vivacité, tant j'étais heureuse dans ma nouvelle vie. Je n'avais plus rien à craindre du prince, on ne chercherait plus à me marier contre mon gré. Mon corps ne serait plus jamais une monnaie d'échange. Il n'appartenait qu'à moi, et je me donnais tout entière pour rendre le sourire à ces orphelines.

J'essayais de mettre en pratique tout ce que les dames de Saint-Louis m'avaient appris, utilisant les bons points pour stimuler mes élèves ou les punitions lorsqu'elles s'étaient opiniâtrées [1] à me désobéir. Je faisais apprendre aux plus grandes des fables de La Fontaine et je leur montrais comment les jouer sur une scène. Les plus jeunes me récitaient des morales avec beaucoup de conviction.

Je sentais bien que j'avais trouvé ma voie. L'amour que je donnais à ces enfants, elles me le rendaient au

1. Entêtées.

centuple, sans compter l'amour maternel que je dispensais à Toinette, qui m'avait adoptée comme « maman ». C'était cet amour-là qui allait combler ma vie et non celui d'un homme.

Au début de l'été, la princesse vint me rendre visite avec sa fille et son fils.

Avec toutes les fillettes, la veille, nous avions cueilli des fleurs des champs pour confectionner deux bouquets. La plus âgée remit le sien à la princesse en exécutant une révérence presque parfaite, et la plus jeune offrit le sien à Marie-Anne, qui l'écrasa sans ménagement sur sa poitrine lorsqu'elle se jeta dans mes bras pour m'embrasser. J'avais fait apprendre à mes protégées un petit compliment qu'elles déclamèrent à ravir et qui enchanta la princesse.

— Eh bien, me félicita-t-elle, vous avez fait merveille auprès de ces enfants !

Le rouge de la fierté me monta aux joues.

— Sans vous, rien de tout cela n'aurait été possible, lui dis-je.

Elle sourit et posant une main sur mon bras, elle m'avoua :

— Je serai toujours là pour vous aider, parce que vous le méritez.

Quelques jours plus tard, c'est Mme de Maintenon qui vint jusqu'à notre institution. J'avoue que cette visite était beaucoup plus intimidante que celle de la princesse.

Là encore, mes protégées récitèrent un compliment et offrirent un bouquet.

— Je ne m'étais point trompée sur vous, Isabeau. Vous savez parfaitement bien vous y prendre avec les enfants. Et vraiment, je suis heureuse que ces fillettes puissent, grâce à vous, acquérir un peu d'instruction.

Et tandis qu'elle acceptait de se rendre à la cuisine pour y boire un verre d'eau d'orgeat, elle me dit :

— Votre sœur Victoire va bien. Elle vous donne le bonjour. Cependant, je dois vous dire qu'elle n'est pas aussi studieuse et pieuse que vous l'étiez à son âge et se laisse parfois aller à la dissipation.

— Je suis certaine que Victoire s'assagira en grandissant, car elle n'a d'autre but dans la vie que de devenir maîtresse de Saint-Louis comme j'en avais rêvé moi-même avant que vous ne m'offriez l'opportunité d'enseigner à des fillettes pauvres.

— Dieu vous entende !

Elle but une gorgée du breuvage frais et ajouta :

— Comme vous le savez, les visites à nos demoiselles ne sont pas autorisées, mais je ferai une exception pour vous, et vous pourrez la demander au parloir une fois par trimestre.

— Je vous remercie, Madame, rien ne pourra nous faire plus de plaisir à toutes les deux, car nous nous aimons beaucoup et cette nouvelle séparation est une épreuve.

— La vie est une succession d'épreuves qu'il nous faut surmonter, et je dois vous avouer que vous m'aidez à en surmonter une.

— Moi, Madame ?

— Oui. Grâce au bavardage de cette chère Louise-Françoise, toute la cour sait désormais que son ancienne gouvernante, choisie parmi les demoiselles de Saint-Cyr, consacre sa vie à l'éducation des fillettes pauvres. Du coup, cela a fait taire certaines mauvaises langues, qui colportaient que les demoiselles de Saint-Cyr devenaient des mondaines.

— Seuls les sots et les méchants partagent cette opinion.

— Ah, ma chère fille, soupira la marquise, comme je vous l'ai souvent dit, la cour est un lieu malsain. Les critiques ne m'épargnent pas. Heureusement, le Roi, lui, est bon et généreux. Il a été ému au récit de votre vocation. Il vous fera sous peu parvenir une bourse pour vos protégées.

— Oh, Madame... le Roi... c'est trop d'honneur... mais cet argent nous permettra d'accueillir de nouveaux enfants. Tous les jours, il y en a qui frappent à notre porte.

— Votre enthousiasme me plaît. Il me prouve que vous avez trouvé le bonheur.

— Oui, Madame, car j'ai pu réaliser mon rêve : devenir maîtresse.

Un instant je pensai à mes compagnes. Nous n'avions pas choisi la même voie. Charlotte et Hortense voulaient vivre leur amour avec le gentilhomme que leur cœur avait élu, Louise voulait charmer les âmes de sa voix mélodieuse et découvrir le secret de sa naissance. Pourtant nous avions toutes les quatre reçu la même éducation au sein de la Maison Royale d'éducation. Je me demandai quel serait le destin des autres, Éléonore, Olympe, Henriette et Jeanne. Quant à Gertrude, la pauvre devait être au Refuge des filles perdues.

Mais la vie nous réserve parfois bien des surprises !

GRAND CONCOURS

Les Colombes du Roi-Soleil

Connecte-toi vite sur le site Internet
www.ColombesduRoiSoleil.fr
et
inscris-toi à la Maison Royale de Saint-Louis
pour gagner de fabuleux cadeaux !

Retrouve également sur
www.ColombesduRoiSoleil.fr

❀ Tes héroïnes préférées ;

❀ Des informations exclusives sur la série et sur
l'auteur Anne-Marie Desplat-Duc ;

❀ Des quizz, des tests ;

❀ Un forum pour dialoguer avec Anne-Marie
Desplat-Duc ;

... et bien d'autres surprises !

Composition et mise en page

NORD COMPO
m u l t i m é d i a

CET OUVRAGE
A ÉTÉ ACHEVÉ D'IMPRIMER
SUR CAMERON
PAR L'IMPRIMERIE NIIAG
À BERGAME (ITALIE) EN OCTOBRE 2007

Dépôt légal: mai 2007
N° d'édition: L.01EJEN000104.B003 N° d'impression: 71375

Loi n° 49-956 du 16 juillet 1949 sur les publications destinées
à la jeunesse